Comme les doigts de la main

Olivier Adam

Comme les doigts de la main

Médium
l'école des loisirs
11, rue de Sèvres, Paris 6e

Du même auteur à *l'école des loisirs*

Collection MÉDIUM
On ira voir la mer
La messe anniversaire
Sous la pluie

Loi n° 49.956 du 16 juillet 1949 sur les publications destinées à la jeunesse : mars 2005
Dépôt légal : décembre 2005
Imprimé en France par Hérissey à Évreux
N° d'impression : 100700

For my birdy girl

Fais-moi revenir au monde
le toucher sans mettre de gants
même pour sentir qu'il s'effondre
même s'il n'y croit plus comme avant
fais-moi retrouver mon ombre
perdue dans l'ombre qui me tient
le souvenir du lendemain
de flèches lancées dessous les combles

Dominique A.

Antoine

Depuis cette nuit à l'hôpital, je ne peux pas voir une fille dans la rue, un peu plus loin devant moi, avec des cheveux noirs qui tombent jusqu'au milieu du dos, sans presser le pas, sentir dans ma poitrine et dans mes tempes le cœur qui bat, accélérer encore, me porter à sa hauteur, la dévisager et être déçu à en pleurer, déçu à m'en bouffer les dents.

Et pourtant. Je ne l'ai connue que le temps d'une nuit.

Une nuit et pas plus.

Une nuit et elle me manque à en crever. Et elle me manque comme manque l'air pour respirer.

Une nuit et maintenant, je vis comme un poisson hors de l'eau. J'ouvre grand la bouche mais j'étouffe.

Thomas dit que j'en rajoute. Que je la connais à peine. Que je me complais là-dedans parce que ça m'évite de regarder la vie en face, de la prendre en main et pourquoi pas de vraiment la vivre.

Il a peut-être raison. Mais je ne vois pas ce que ça change.

– Si ça se trouve, tu ne la reverras jamais, dit-il. Ou bien tu la croiseras dans dix ans, amoureuse folle d'un surfeur et mère de huit enfants. Tu vas pas l'attendre toute ta vie. Tu vas pas vivre toute ta vie dans le souvenir d'une nuit.

Il dit tout ça et moi je ne l'écoute pas. Je ferme les yeux et je revois tout intact. Son corps blanc et ses yeux immenses. Sa bouche et sa peau. Nos pas dans la neige.

Je pense à tout ça en faisant mon sac, en enfilant mon jean et mon pull, en avalant mes corn flakes et mon thé brûlant. Maman me dit au revoir, je colle mes joues sur ses joues creusées, je serre son corps maigre entre mes bras. Elle a sous les yeux des cernes noirs et profonds. Je lui dis qu'elle va être en retard et elle me sourit.

Je pense à ça dans le bus, tout seul tout au fond, la joue collée contre la vitre embuée. Thomas me fait un signe et je réponds à peine. C'est mon meilleur ami mais, depuis quelque temps, je sens qu'un fossé nous sépare et s'élargit. Je sens que nos routes s'éloignent l'une de l'autre. J'ai même l'impression qu'elles épousent des directions opposées. J'augmente le volume du Walkman, Air joue *Cherry Blossom Girl* et c'est comme sortir de moi-même. Je vois les autres qui se marrent et s'accrochent aux poignées de caoutchouc pour ne pas tomber.

Je pense à ça pendant le cours de maths. La tête posée sur mes bras repliés, les yeux fermés et presque endormi. La bouche de la prof s'agite et je n'entends rien. Je suis ailleurs. Avec Chloé. Je promène à nouveau mes mains sur son corps, je la porte dans mes bras, je sens la fatigue et nous longeons le fleuve, nos pas crissent dans la neige, s'aventurent sur le fleuve figé en glace. Ses lèvres couvrent mes yeux, mon nez, ma bouche.

Chloé

Le réveil vient de sonner. Je n'ai pas dormi de la nuit. Je sens ma hanche, ce n'est pas douloureux mais je la sens tout le temps, c'est comme une gêne permanente et je me demande à quoi ça a servi tout ça. L'opération et ce mois entier toute seule, là-bas dans le Sud, dans ce centre atroce, rempli de vieux fripés. On me réveillait à six heures du matin pour me faire souffrir, m'obliger à exécuter ces mouvements insupportables et douloureux. Après ça je n'avais plus rien à faire de la journée. Rien à faire à part lire en regardant la mer. Rien à faire au final à cause de lui qui me tournait dans la tête et m'empêchait de me concentrer. Assise sur mon lit, j'essayais de me rappeler son visage, de me souvenir de ce que ça m'a fait, ses mains sur ma peau et ses lèvres sur ma bouche. J'essayais d'imaginer ce qu'il faisait au même moment, j'essayais de deviner s'il m'oubliait. Je serrais les dents, je croisais les doigts en pensant à ça.

Le jour de l'opération, j'ai dormi toute la journée et, quand je me suis réveillée, il n'était plus là. J'ai pleuré, j'ai fondu en larmes. Je connaissais juste son nom. Juste ça. Je ne comprends pas comment il a pu partir comme ça, sans me laisser son adresse ou quoi que ce soit.

Enfin, peut-être que je comprends mais je ne préfère pas.

Son adresse, je l'ai cherchée dans le minitel, le soir à la maison. Je n'ai rien trouvé. Le lendemain, je partais dans le Sud, je prenais le train avec mon fauteuil roulant, et j'apprenais au moins une chose : tout le monde dans ce pays se fout des handicapés. Rien n'est fait pour eux. Tout est compliqué, difficile, humiliant. Et encore, moi, au bout de deux semaines, je marchais toute seule, je sortais toute seule, je longeais un peu la mer et les rochers rouges. Pas longtemps à cause du froid et de la douleur. Mais c'était bon de sentir le vent, d'entendre les vagues, les oiseaux.

Maman entre dans ma chambre. Elle ouvre les rideaux. Je la regarde et elle m'a manqué, tout ce mois loin d'elle. Ça fait deux semaines que je suis rentrée, mais je sens encore comme elle m'a manqué.

– Je t'ai préparé ton petit déjeuner, dit-elle. Tu descends ?

Je hoche la tête et elle sort de la chambre. J'entends son pas dans le couloir, sur le carrelage de la cuisine. Aujourd'hui, je ne vais pas au lycée et elle ne travaille pas. C'est sa collègue qui tient la boutique, coupe les fleurs, les mélange et compose des bouquets atroces, des bouquets d'enterrement.

Aujourd'hui j'ai rendez-vous à l'hôpital. Une visite de contrôle. Des radios, des examens. Je n'y suis pas retournée depuis cette nuit-là. Je n'y suis pas retournée mais j'y suis encore, j'y pense tout le temps, je peux encore sentir l'odeur d'éther et de détergent, de soupe froide et d'alcool à 90°.

Antoine

Mon petit doigt, c'était pas beau à voir. J'étais par terre et j'ai regardé ma main. J'ai eu comme un vertige à le voir complètement retourné, plié en deux.

C'est comme ça que ça a commencé.

Sans mes pieds qui s'emmêlent, ma chute dans le filet et mon doigt tordu, Chloé, je ne l'aurais jamais croisée. Peut-être qu'au fond ça aurait été mieux. C'est ce que je me dis parfois mais je sais que je ne le pense pas vraiment. Qu'au final même si ça me fait souffrir, le plus important, c'est d'avoir vécu ça. La foudre en plein cœur.

La vie, le chagrin, les joies, ça se compte pas en journées. Ça se compte en intensité, comme la lumière ou l'électricité.

Le prof a sauté par-dessus le filet. Son pied a touché la bande blanche et, un moment, j'ai cru qu'à son tour il allait manger le ciment. Il s'est redressé comme si de rien n'était. Ce type se prenait pour un champion mais nous on savait que c'était de la frime, qu'il n'avait jamais dépassé le niveau régional, que Roland-Garros, il n'y était jamais allé que pour voir les matchs, assis dans les gradins.

– Fais voir ta main, il m'a dit.

Quand je lui ai montré, j'ai vraiment cru qu'il allait tomber dans les pommes. Les autres nous ont rejoints.

Nordine trouvait vraiment dingue qu'un doigt puisse se tordre à ce point. Il m'a demandé si ça faisait mal. J'ai répondu que non, que je ne sentais rien.

– Arrête ! je suis sûr que tu vas te mettre à chialer dans deux secondes tellement t'as mal.

– Non, je t'assure, je ne sens rien.

La seule chose qui me faisait vraiment mal, c'était de le voir comme ça, mon petit doigt. Complètement de travers. Ça me faisait peur. C'est vraiment ça que ça me faisait. Pas de douleur. Juste la frousse, comme si ce n'était pas vraiment ma main qui pendait au bout de mon bras.

Thomas a ramassé ma raquette. Je suis resté assis par terre un moment, sur le ciment vert, tout près du filet. Je regardais ma main et mon doigt tordu, je ne pouvais pas m'en empêcher. J'en avais froid dans le dos. Je n'avais pas la force de me lever. J'avais le vertige.

Le prof a voulu qu'on appelle maman mais je lui ai dit que ça allait, que je pouvais rentrer tout seul. Thomas s'est proposé pour me raccompagner. Je crois que, ce soir-là, il n'avait plus tellement envie de jouer, que ça commençait sérieusement à l'emmerder, les cours de tennis, dehors, dans le froid de l'hiver.

Il faisait nuit et on marchait côte à côte. Thomas m'a parlé de son père, qui était revenu à la maison. Ça faisait la troisième fois qu'il revenait ainsi, après être parti, après avoir claqué la porte, pris un appartement, y avoir vécu un moment avec une fille de vingt-cinq ans, une interne de l'hôpital où il était chirurgien. Il ne comprenait pas comment sa mère pouvait accepter ça, ça le foutait en l'air de la voir si heureuse à chaque fois qu'il revenait, de la voir si faible. Les rues étaient humides, couvertes de feuilles. Les arbres étaient presque nus. Je détestais tout ça. J'ai toujours détesté l'hiver. À part Noël et les lumières du centre-ville, le sapin à la maison, les chocolats, les pâtes d'amande et les cadeaux. Les séries à la télé, tôt le matin, sur le canapé du salon, emmitouflé dans ma couverture, avec mon chat à mes pieds et la guirlande multicolore qui clignote doucement. L'effet que ça fait de retomber en enfance, la chaleur qui vous enveloppe et cette nostalgie très douce. L'effet que ça fait de faire comme si j'avais huit ans et papa ne serait pas mort, il descendrait les escaliers en silence et viendrait s'asseoir près de moi dans le canapé, ferait mine de regarder la télé et s'endormirait à nouveau, tout près, tout près, son nez dans mon cou.

Thomas a fait le tour de la maison avec moi. Je lui ai dit de laisser le vélo contre le pommier. Au moment de se dire au revoir, on a pas réfléchi, on s'est serré la main comme on faisait depuis quelques mois. Ça a été comme une décharge électrique, la douleur s'est propagée dans tout mon corps, partant du petit doigt pour gagner mes pieds, mes oreilles, et mes organes à l'intérieur. J'ai hurlé et mon cri a résonné longtemps dans l'air glacé du lotissement. J'ai attendu que la douleur s'atténue avant d'entrer. Ça a quand même pris quelques minutes mais après, c'était comme si rien ne s'était passé. Mon petit doigt était perpendiculaire aux autres, et c'était tout. Simplement, je ne le sentais plus du tout.

J'ai cogné à la fenêtre. Le givre et la buée troublaient les vitres. J'ai vu maman traverser le salon comme une ombre, coller son visage transparent contre un carreau. J'ai pensé que maman n'était qu'une ombre, qu'elle n'était que l'ombre d'elle-même.

– Tu m'as fait peur. Tu peux pas passer par la porte, comme tout le monde ?

Elle m'a embrassé sur le front. La télévision était allumée. Ils passaient un documentaire sur les hiboux, je me souviens. Maman aime bien regarder ce genre de trucs. Elle dit que ça lui vide la tête.

– Comment ça se fait que tu rentres si tôt ? elle m'a demandé.

– Je suis tombé en montant à la volée.

– Tu t'es pas fait mal au moins ?

Je lui ai montré mon doigt. Elle a mis sa main devant sa bouche, comme pour s'empêcher de crier.

– N'enlève pas ton manteau, on file aux urgences.

C'est tout ce qu'elle a réussi à dire. Elle était livide. J'ai eu beau lui dire que c'était rien, juste un doigt tordu, maman semblait sur le point de s'évanouir, ses yeux brillaient comme si elle allait se mettre à pleurer.

Sur le parking de l'hôpital, elle s'y est reprise à trois fois pour se garer alors qu'il y avait la place pour quatre ou cinq voitures. Je lui ai dit de se calmer mais rien n'y a fait. Elle était complètement affolée. Elle cherchait partout l'entrée des urgences alors que c'était écrit en énormes lettres lumineuses et clignotantes. Dans le hall, des tas de gens attendaient assis sur des bancs. À l'accueil, on nous a dit qu'il faudrait attendre une bonne heure avant qu'un médecin vienne s'occuper de moi.

Par les fenêtres, on voyait la ville et les lumières, le fleuve et les trains, les voitures en file indienne. On s'est assis entre deux types. Celui de droite avait la main cachée dans un torchon imbibé de sang. Celui de gauche se tenait la tête comme s'il voulait se l'arracher, comme si à l'intérieur quelqu'un lui plantait des aiguilles directement dans le cerveau. En face de nous, un bébé minuscule hurlait. Je revois tout ça très bien, comme si c'était hier. Des médecins passaient sans s'arrêter, les yeux rivés sur de grandes fiches en carton. Tout ça avait l'air d'une fourmilière. Une odeur d'éther, d'eau de Javel, de soupe et de médicament flottait dans l'air et serrait la gorge. J'ai senti des larmes me monter au bord des yeux. Maman s'en est rendu compte et elle m'a serré contre elle. Je n'ai pas eu honte du regard des autres. Je m'en foutais. J'avais quinze ans et ça n'empêchait rien. L'odeur de l'hôpital, la texture de l'air, les lumières blanches, ça me donnait envie de pleurer et peut-être que ça n'avait rien à voir avec papa mais peut-être bien qu'au contraire ça avait tout à voir avec ça.

Au bout d'une quarantaine de minutes, un jeune type est venu m'ausculter. Il a fixé ma main un bon moment, puis il m'a envoyé faire une radio. J'ai suivi une infirmière jusqu'au sous-sol. J'ai marché dans des couloirs interminables et étroits, légèrement en courbe. Les murs bleu pâle semblaient se rapprocher au fur et à mesure que j'avançais. J'ai eu peur de mourir là écrasé.

On a fini par déboucher sur une grande pièce grise. J'ai posé ma main sur une plaque de verre. Le type de la radio a rapproché sa machine de mon doigt tordu. Il m'a dit de ne surtout pas bouger. Je me suis demandé pourquoi tout le monde prenait ce ton pour me parler. Cette voix incroyablement froide et sèche, mécanique, totalement inhumaine et inamicale.

Lorsque je suis revenu, que l'ascenseur s'est ouvert sur le grand hall, maman était là à m'attendre, toute petite et fatiguée au milieu de ces gens malades. Je lui ai fait signe. Elle m'a souri un peu plus tristement que la situation ne l'exigeait.

Quand le docteur m'a annoncé qu'ils allaient me garder la nuit et aussi le lendemain, j'ai tout fait pour m'en empêcher mais je n'ai rien pu faire. Les larmes se sont mises à dévaler mes joues. Mon cœur s'est serré comme une vieille éponge, jusqu'à devenir sec et minuscule comme un noyau d'abricot. Maman m'a fait son regard qui voulait dire t'inquiète pas mon petit ange, t'inquiète pas tout ira bien.

Je connaissais bien ce regard. Quand elle m'a annoncé que papa était mort, elle avait le même.

Maman m'a fait ce regard-là mais quand même, j'ai eu cette impression que tout le monde m'abandonnait, dans cet hôpital, dans cette nuit d'hiver. J'ai eu l'impression que je n'aurais jamais la force de passer la nuit là, tout seul, au milieu des malades, des couloirs qui sentaient la pommade et la peinture, des couloirs qui sentaient la mort de papa, l'odeur morte de papa.

Je sais. Je sais qu'à quinze ans c'est ridicule. Je sais. Mais je suis ridicule et je n'y peux rien. Ridicule et friable. Un coup de vent suffirait à me faire tomber. Maman me le dit depuis toujours. Et pourtant mon père est mort. Et j'ai plié jusqu'au point de rompre. Et je ne sais par quel miracle je suis encore là, debout, et capable d'être infiniment vivant, comme cette nuit-là, à l'hôpital, auprès de Chloé, dans son sillage et dans ses yeux.

– J'ai pas de pyjama, j'ai dit. C'est tout ce que j'ai trouvé à dire.

– On va t'en prêter un, a dit maman. Et puis de toute façon tu dors toujours tout nu.

J'ai préféré ne pas me demander comment elle pouvait être au courant d'un truc pareil. L'infirmière a demandé à maman de la suivre pour les formalités d'admission. Elle m'a embrassé sur le front. Je l'ai regardée s'éloigner et c'était comme si je n'allais plus jamais la revoir. J'ai suivi le docteur dans des couloirs. Il m'a expliqué que mon doigt était cassé, fracture déplacée. Il fallait faire d'autres radios mais une chose était sûre, c'est que j'avais besoin d'une petite opération, et puis après on me plâtrerait le bras.

– Pour l'opération, on va m'endormir? j'ai demandé.

– Pas sûr. Ça dépendra des radios. Peut-être qu'on pourra se contenter d'anesthésier ton doigt et crac, d'un coup sec, on te le remettra en place. Ça te fera un peu bizarre mais tu ne sentiras rien, je te promets. Voilà ta chambre. Installe-toi sur le lit. Une infirmière va venir s'occuper de toi.

Les murs étaient jaune pâle. Au plafond, il y avait un long tube lumineux. Ça faisait une lumière atrocement froide et blanche. Par les fenêtres, on voyait les étoiles, la cime d'un arbre qui se balançait doucement et, plus bas, la ville transformée en une myriade de petits points lumineux.

D'abord je n'ai pas fait attention.

Et puis d'un coup mon regard a croisé le sien.

Et là ça a été pire qu'une décharge.

Chloé

Le soir où il est arrivé, je m'apprêtais à passer ma troisième nuit à l'hôpital. Ça faisait deux jours qu'on me faisait des radios, que des types en blouse blanche m'auscultaient en silence, qu'ils passaient leurs mains froides sur ma peau, sur mes os, appuyaient jusqu'à ce que je hurle de douleur.

Il est entré et d'abord, il ne m'a pas regardée.

Maman venait de partir, elle m'avait serrée fort dans ses bras, mon beau-père avait embrassé mon front, y avait appuyé ses lèvres plus fort qu'à l'accoutumée. J'avais si peur et ils le savaient. Leur manière de me dire au revoir ne m'a pas rassurée. Elle me laissait croire au contraire que j'avais des raisons valables de m'inquiéter. Ils se sont retournés dix fois avant de sortir de la chambre, je pouvais sentir leurs cœurs se serrer. Je les revois comme si c'était hier, et lui aussi, avec son pyjama plié contre son torse, son regard qui se perd dans le ciel derrière la fenêtre, qui passe sur moi sans me voir, puis qui y revient et s'y arrête. S'y arrête pour toujours.

Je revois tout ça et jamais je n'arrête d'y penser. Je descends les escaliers et, dans le salon, le soleil illumine le tapis, y projette des ombres. Il n'y a aucun bruit et je déteste ça. Sur la chaîne, je mets le dernier Air. Maman aime bien elle aussi. Elle trouve ça « planant » et ça me fait rire de l'entendre dire ça.

Dans la bibliothèque, je prends la photo de papa. Celle encadrée, où il fume en regardant ailleurs. Il ressemble à un acteur américain. Sa chemise entrouverte, ses yeux bleu acier et son profil d'aigle. Qui pourrait croire qu'à l'intérieur tout était si fragile, que son cœur battait si mal, qu'un souffle s'y faisait entendre ? Qui peut croire ça ?

Je l'embrasse et je la repose. Tous les matins je fais ça, je m'oblige à le faire, même quand j'ai autre chose en tête, et je sais que maman fait pareil, que parfois elle lui parle, le rassure, lui dit que tout va bien maintenant. Qu'il lui manque, qu'il lui manquera toujours mais qu'on y peut rien. Qu'elle vit avec ça. Que ce n'est pas facile mais qu'elle le fait. Elle parle de mon beau-père, lui dit qu'il est toujours là pour elle, qu'il ne l'a pas remplacé mais qu'elle l'aime. Qu'il ne faut pas lui en vouloir.

J'entrouvre la fenêtre pour sentir l'air du matin, son parfum un peu âcre. La musique s'échappe dans le jardin et je marche pieds nus dans l'herbe gelée. Je caresse le tronc du bouleau, je vérifie au passage que la boule pour les oiseaux est toujours bien accrochée. Tout en haut, un moineau se balance légèrement, il a l'air frigorifié. La boîte aux lettres est vide. Tous les matins elle est vide ou bien ce sont des factures, des publicités, ce genre de choses. Tous les matins j'attends, je me précipite, j'espère et j'y crois, mais non, ce matin encore il n'y a rien. Il n'y a rien et le peu d'énergie que j'ai s'enfuit d'un coup, me laisse vide et traversée d'un grand froid.

Quand je rentre je suis gelée. Maman m'attend et couvre mes épaules avec un plaid. Je bois mon thé et ça me brûle les lèvres et la langue. Je regarde l'heure et je devrais être au lycée. En cours de maths. Assise à côté de Jennifer, qui me hait et que je déteste. Assise au milieu des autres qui ne me parlent pas, sans que je sache bien pourquoi au fond.

Je dois leur faire peur. Quelque chose en moi doit leur faire peur. Est-ce que ça se voit tant que ça que je suis morte un peu moi aussi, depuis la mort de papa ? Est-ce qu'ils croient que le malheur ça s'attrape ? Suis-je contagieuse ? Je crois que je m'en fous. Au fond, tout au fond, je m'en fous. Ils ne m'intéressent pas. Je ne comprends rien à ce qu'ils disent, je ne comprends pas leur langue, je ne suis pas sur la bonne fréquence. Je ne les entends même pas. Quand mon regard les croise, il ne s'arrête pas, ne bute pas contre leurs corps, leurs visages, il passe au travers et s'égare au loin. Je suis en cours mais je ne suis pas là. Je ne suis jamais là. Jamais. Je suis absente. Aux abonnées absentes. Je marche dans le couloir et j'ai l'impression que je vole. On me parle et c'est comme s'il y avait une étendue vide et cotonneuse entre les autres et moi. Je vis dans un état second. Rien ne me touche. Sauf lui. Lui ce soir-là. Quand il est entré, j'ai eu l'impression tout à coup de revenir au monde. C'était si violent. On m'a délesté d'une carapace, de ma peau, je me suis retrouvée nue. J'étais là, présente, vivante, à le regarder s'asseoir sur son lit sans me quitter des yeux.

Antoine

– Antoine, si tu veux dormir, je te suggère d'aller le faire ailleurs.

Je relève la tête et j'ai les yeux qui me brûlent comme si j'avais dormi. La mère Dausse me regarde avec une moue de dégoût, elle est légèrement penchée vers moi et je vois ses seins qui pendent dans le vide. Je prends mon sac, je mets mon blouson et je sors sans un mot. Thomas me fait un petit signe amical. Les fayotes du premier rang me regardent comme si j'étais le diable. Juste avant que je ferme la porte, la mère Dausse m'attrape par le bras, approche son visage du mien et me dit que je ne pourrai pas toujours m'en sortir à si bon compte, que j'ai beau être doué, je ne m'en sortirai pas toute ma vie avec mon baratin, mes facilités d'écriture et mes références littéraires. À mon avis elle a tort. Je suis à peu près persuadé qu'on peut tenir toute une vie avec ça. Que ça suffit pour faire illusion dans pas mal de boulots. Je sens son parfum de supermarché et ça me donne la nausée. Je referme la porte et le couloir est désert. Par les grandes vitres, la lumière d'hiver refroidit tout. Je traverse le parc. Avec Radiohead qui me chante *There There* en boucle, je vole entre les arbres nus, mes pieds touchent à peine le sol et la poussière, les pelouses cuites par le givre.

La grille est ouverte. Un pion court vers moi. Je vois sa bouche qui s'agite. Je suppose qu'il me demande où je vais comme ça. Je n'enlève pas mon casque. Je n'essaie même pas de comprendre ce qu'il me raconte. J'accélère et dans la rue, je me cogne aux passants et dans ma tête, c'est toujours les mêmes images qui défilent.

– Salut. Moi, c'est Chloé, elle a fait, et vraiment, rien que pour ce moment où je suis entré dans son champ de vision, où elle m'a prêté son attention et s'est donné la peine de m'adresser la parole, j'aurais donné plusieurs années de ma vie.

– Salut. Moi, c'est Antoine, j'ai marmonné et ma bouche était pâteuse, je me souviens, mes mâchoires molles et contractées, tout à fait inutiles et inopérantes.

Je me suis assis sur mon lit. J'ai regardé autour de moi. La tablette roulante, la petite commode où s'empilaient des bandes dessinées et des plaques de chocolat, le téléviseur suspendu, branché sur *Buffy et les vampires*, les fenêtres découpées dans la nuit, et sous les draps, dans l'autre lit, Chloé.

– T'es là pour quoi ? elle m'a demandé.

– Pour meurtre, j'ai répondu et tout à coup je me suis senti complètement con et lourd avec mes blagues pourries.

Elle m'a souri par politesse alors je lui ai simplement montré ma main.

– La vache ! elle a fait.

– Et toi ?

– Moi, j'ai un bout d'os mort dans la hanche. Je me fais opérer demain.

– Un bout d'os mort ?

– Ouais. Un tout petit morceau mort à l'intérieur de moi. Du coup, ma hanche se bloque de temps en temps et ça me fait horriblement mal.

– Et ils vont t'endormir ?

– Ouais. Ils vont m'ouvrir, m'enlever le bout d'os et en remettre un faux à la place.

– T'as peur ?

Je ne sais pas pourquoi je lui ai demandé ça. Peut-être simplement parce qu'à sa place j'aurais eu peur, même si c'est débile, même si c'est à peine digne d'un enfant de six ans.

Chloé s'est mise à me regarder intensément. À me fixer si fort que ses yeux me brûlaient la peau. Elle n'a pas répondu à ma question mais, à l'expression de son visage, à la grimace que ça lui faisait d'essayer de continuer à me sourire, j'ai compris qu'elle était terrorisée.

Une infirmière est entrée. Elle m'a demandé de prendre mon pyjama avec moi et de la suivre. Je n'avais pas du tout envie de quitter la chambre, de laisser Chloé à sa terreur, de sortir de son champ de vision. Ça faisait trois minutes qu'on se connaissait et déjà j'aurais voulu ne plus jamais la perdre de vue, pas un instant, pas une seconde. Avant de sortir, je lui ai fait un signe de la main et une moue qui voulait dire « désolé ». Elle m'a souri en haussant les épaules. Ses lèvres ont articulé quelques mots que je n'ai pas entendus et qui, sans doute, disaient « à tout à l'heure ».

L'infirmière marchait devant moi et, par les portes

entrouvertes, j'ai croisé le regard vide de vieux à moitié morts au fond de leurs lits, je les entendais tousser et cracher leurs poumons. Il y avait aussi des enfants, des hommes aux visages creusés, des femmes aux traits tirés. On s'est arrêtés au bout du couloir. L'infirmière m'a tendu une serviette éponge et un savon. D'un mouvement de tête, elle a désigné la porte. J'ai tourné la poignée. À l'intérieur, il y avait une baignoire minuscule, au-dessus de laquelle pendait un pommeau de douche rouillé.

Je me suis lavé les yeux fermés. J'ai presque oublié où j'étais.

J'aurais pu être n'importe où. Je ne pensais plus à rien, l'eau chaude coulait sur mon visage, le jet me massait les joues. J'ai entendu frapper à la porte.

– Dis donc, t'éternise pas. Je vais pas passer ma soirée à t'attendre.

Je me suis séché en vitesse. J'ai mis beaucoup de temps à me rhabiller à cause de ma main invalide. Quand je suis sorti de la pièce, l'infirmière m'a lancé un regard noir.

– Tu te crois à l'hôtel ?

Elle m'a raccompagné jusqu'à la chambre. Près de mon lit, un plateau m'attendait. Dessus, une assiette avec des haricots et un bout de viande, froids et trop cuits les uns comme les autres. J'ai juste mangé mon yaourt, la pomme et les deux morceaux de pain. Chloé faisait mine de regarder la télé mais je sentais bien comme parfois, son regard déviait pour se poser sur moi comme un papillon, avant de s'envoler et de battre des ailes vers ailleurs.

Sur l'écran, Buffy n'en finissait pas de massacrer des vampires avec ses prises de kung-fu pitoyables. Elle sautait dans tous les sens, tombait dans la poussière, se prenait des coups dans la tronche et, quand le combat était fini, elle était quand même impeccable, ses cheveux blonds bien coiffés, son maquillage intact, et pas une goutte de sang ni un bleu ne venaient gâcher son joli visage.

J'ai pensé un instant que sur la une, il y avait un match de foot, j'ai failli en parler à Chloé mais j'ai préféré m'abstenir. L'épisode s'est terminé. Chloé a appuyé sur un bouton de la télécommande et l'écran est devenu noir. La dernière image est restée quelques secondes en surimpression, comme un souvenir un peu vague ou un fantôme. J'avais déjà observé ce phénomène et, chaque fois qu'on éteignait un téléviseur, je guettais cette apparition étrange.

Le silence a envahi la chambre. On entendait de temps en temps le pas des infirmières dans le couloir, les mots qu'elles s'échangeaient. Avec Chloé, on s'est mis à parler à voix basse. Les lumières étaient éteintes et dehors la nuit n'était pas noire. Les lampadaires allumés faisaient le ciel un peu mauve, et la lune éclairait nos lits d'une lumière blanche. Je pouvais voir se dessiner son visage, et ses contours semblaient surlignés d'un halo argenté.

– C'est quand, ton opération ? je lui ai demandé.

– Demain. Ils m'endorment demain matin. C'est bizarre, mais j'ai l'impression que je vais mourir. J'arrive pas à me sortir cette idée de la tête.

– Moi, ça me fait ça à chaque fois que je m'endors.

J'ai toujours l'impression que je ne pourrai plus jamais me réveiller, que c'est la fin.

– Et ça te fait peur?

– Non. En général, ça me soulage. C'est le matin, au réveil, que j'ai peur.

– Peur de quoi?

– Je sais pas. Peur de tout. Peur de la vie.

Je ne sais pas ce qui m'a pris de lui dire ça, de lui raconter ces trucs que j'avais jamais racontés à qui que ce soit, pas même à moi.

– Mais au fond, t'es quand même content de te réveiller plutôt que d'être mort, non? m'a demandé Chloé.

– Oui, mais j'ai peur.

– C'est pas grave d'avoir peur. Vaut mieux avoir peur qu'être mort. Être mort, c'est trop facile. Moi, demain, je veux me réveiller. Je le veux. Mais je ne sais pas, j'ai l'impression que quelque chose va m'arriver.

Chloé m'a regardé et, à nouveau, dans ses yeux j'ai lu cette peur immense, quelque chose comme de la panique.

Je me suis levé et j'ai pris sa main dans la mienne. J'ignore où j'ai trouvé la force et le courage de faire ce geste, mais c'est venu sans même que j'y réfléchisse, c'est sorti de moi comme une chose évidente et naturelle. Je l'ai serrée doucement, debout près de son lit, dans mon pyjama bleu d'hôpital.

– Tu ne vas pas mourir, je lui ai dit.

– Qu'est-ce que t'en sais? Tu te prends pour qui?

Et elle a retiré sa main violemment.

Je suis retourné dans mon lit. Il n'y avait plus aucun bruit. Le silence était épais, palpable. J'ai toujours pensé ça, que le silence n'existait pas, que le silence était un bruit bien particulier, insupportable et assourdissant, quelque chose de froid et sifflant et infini.

Je n'ai pas réussi à m'endormir après ça. Le silence était trop profond et je sentais toujours sa main dans la mienne, comme un souvenir si précis et intense qu'il gardait un peu de son existence physique.

Chloé non plus ne dormait pas. Je la regardais de temps en temps. Ses yeux grands ouverts se collaient au plafond et son regard transperçait la peinture, le carrelage et les dalles pour s'enfoncer profond dans la nuit noire. À un moment, j'ai cru qu'elle pleurait.

Chloé

J'ai du mal à entrer dans la baignoire. J'ai encore du mal. Ma hanche est raide et douloureuse dès que je lève trop haut la jambe. Je sais que c'est faux mais j'ai l'impression de le sentir, le petit bout de plastique qu'ils ont mis à la place de l'os mort. J'ai l'impression d'avoir un boulon à l'intérieur. L'eau est brûlante et ma peau devient rouge, presque instantanément. Je ferme les yeux et, quand je les ferme, c'est d'abord lui que je vois, puis c'est mon père, ses yeux argent et ses cheveux tirés en arrière, son rire quand il me fait tourner dans les airs, et à la fin c'est un mélange des deux. Pourtant ils ne se ressemblent pas. C'est juste une association d'idées. Ça n'a rien à voir mais tous les deux ils me manquent. Et tous les deux m'ont abandonnée. Je sais qu'il faudrait que je me sorte Antoine de la tête. Je sais. Je m'étais promis de le faire.

Au centre, tous les jours j'appelais maman. Je sortais, je marchais un peu le long de l'eau et près du petit port, une cabine téléphonique se dressait pour personne. Je composais le numéro de la maison en regardant les bateaux et, plus loin, les calanques, orange et rose qui plongeaient à pic, disparaissaient dans la mer. Près de la cabine, des pins immenses étaient bourrés d'oiseaux. Le soir, juste avant le coucher du soleil, ils se mettaient tous à crier, de tous petits cris aigus comme les chauves-souris. Des milliers de petits cris dans le silence des bords de mer en hiver. Maman décrochait et, rien que d'entendre sa voix, un sourire se dessinait sur mes lèvres, quelque chose se réchauffait à l'intérieur. On parlait de tout et de rien et, avant qu'elle raccroche, je lui demandais si personne n'avait appelé, si je n'avais pas reçu de courrier. Elle me disait que non et m'embrassait. Je sortais de la cabine et ma hanche était si douloureuse. Je rentrais au centre à petits pas. Une fois, même, j'ai fait du stop. Un type m'a prise et sur la banquette arrière, son chien puait et haletait bruyamment, la langue dehors et les babines baveuses. Le type écoutait des trucs de surfeurs, du rock californien, il vivait là depuis trois ans, faisait le serveur six mois dans l'année, pendant la saison, puis le restaurant fermait et il se la coulait douce. Je n'ai rien voulu dire mais, vu comment il me saoulait de paroles, il avait surtout l'air de s'ennuyer ferme. On aurait dit qu'il n'avait pas parlé à qui que ce soit depuis trois ans.

Les derniers jours, je me suis juré de ne plus penser à Antoine en rentrant. Je me suis juré de le rayer de mon cerveau, mais ça n'a servi à rien. Ça fait deux semaines que je suis là, deux semaines que j'ai repris le cours de ma vie et pas un instant il ne me sort du crâne.

Je suis toujours dans ma bulle, toujours si loin mais maintenant il est là à l'intérieur, il est là près de moi, comme mon ombre, me suit pas à pas.

Plusieurs fois, j'ai quitté le lycée avant la fin des cours. J'ai pris des bus, traversé la ville, marché un peu, je me suis retrouvée sur un banc, devant la grille d'un autre lycée, le sien. Des bâtiments anciens se dressaient au milieu d'un grand parc. Des allées sablonneuses se croisaient, longées de petites barrières de bois où s'asseyaient des types, par grappes de cinq ou six. Ils fumaient leurs cigarettes en riant. Comment ils faisaient pour être si vivants j'en savais rien. Souvent j'entrais et je m'approchais d'eux. Je m'excusais et leur demandais si des fois ils ne connaîtraient pas un Antoine Dahan. Ils secouaient la tête avec un air désolé. Je les laissais à leurs conversations et m'éloignais, me perdais au milieu des bâtiments, je longeais les fenêtres et je scrutais les visages à l'intérieur des classes. Plusieurs fois, de dos, j'ai cru le reconnaître. J'ai attendu qu'il se retourne mais ce n'était pas lui. Ce n'était jamais lui. Je poussais les portes vitrées, je montais les escaliers, arpentais les couloirs de long en large. J'attendais la sonnerie et me postais à la sortie du parc. Le lycée était immense et devant moi passaient des nuées de filles et de garçons. Je me concentrais pour ne pas le rater.

Je n'ai pas dû me concentrer assez.

Ou bien il a changé de lycée.

Ou alors il n'a jamais existé.

Plusieurs fois, ainsi, j'ai fait le chemin inverse, pris des rues et des bus, suis rentrée chez moi épuisée, vidée sans raison et les nerfs à bout.

Je me laisse glisser contre l'émail, l'eau me submerge et je retiens ma respiration. On frappe à la porte et je ressors en toussant. Maman me dit de me dépêcher, me demande si j'ai besoin d'aide pour sortir de la baignoire. Je dis que oui même si c'est faux. Elle entre, elle plonge ses bras dans l'eau devenue tiède, m'enveloppe et me tient, me soulève sans la moindre difficulté. Je m'accroche à son cou et je suis comme une petite enfant dans ses bras, je suis comme une enfant quand elle m'enfile mon peignoir, me sèche les cheveux en me frottant le crâne avec une serviette, je suis comme une enfant et papa serait là dans le salon, m'attendrait pour m'emmener à l'école, m'attendrait en fumant sa première cigarette, sa préférée, celle qui accompagne son café du matin, qu'il boit très noir et serré, comme les Italiens, dit-il.

Papa tenait l'Italie pour le plus beau pays du monde. Il ne m'y a jamais emmenée. Il disait qu'on avait le temps, qu'il y avait plein d'endroits à découvrir, que l'Italie, ce serait plus tard, peut-être même pour y vivre. Il avait tort.

Je me souviens d'un soir, c'était la finale de la Coupe d'Europe et j'avais dix ans, mon oncle était à la maison avec les cousins, on regardait le match, papa était pour l'Italie et les autres, ça les rendait fous. Ils le traitaient de traître et moi je ne voyais pas pourquoi il fallait choisir un camp ou l'autre, quel rapport ça pouvait avoir avec le sport. Il me semblait juste qu'il fallait être du côté de l'équipe qui pratiquait le plus beau jeu, celui qui nous plaisait le plus. Quand j'ai dit ça, mon oncle m'a demandé : Et alors, c'est laquelle, l'équipe qui joue le mieux à ton avis ? Je n'y connaissais rien, je m'en foutais complètement mais j'ai dit l'Italie, j'ai dit que j'étais pour l'Italie, comme papa, et que les Français étaient nuls et que lui il était nul d'être pour les Français. J'ai dit ça et il m'a traitée de petite conne. Je ne crois pas que c'était méchant mais papa l'a mal pris. Il s'est levé et a demandé à mon oncle et à ses gosses de quitter immédiatement la maison. Le ton a monté, j'ai cru qu'ils allaient se battre, maman pleurait, elle était hystérique et perdue. Ils ont fini par partir et la France a gagné.

Cette nuit-là, papa est resté dans le salon à fumer des cigarettes et j'ai dormi près de lui, sur le canapé.

Dans ma chambre, j'enfile ma jupe noire et mon pull mauve. Je sors ma veste en velours prune de l'armoire, je la pose sur le dossier de ma chaise.

Sur mon bureau traînent des feuilles griffonnées. Ce sont les lettres que j'ai écrites au centre. Elles commencent toutes par « Cher Antoine ». Après elles disent qu'il me manque et que je crois que je suis amoureuse. Elles disent te souviens-tu de moi ? Elles disent que deviens-tu, où es-tu, est-ce que tu penses à moi ? Elles disent : tu te rappelles, le fleuve dans la nuit, la neige et ce type qui crachait le feu, tu te rappelles l'histoire de ce gars qui écrivait debout en marchant ? Tu te rappelles nos baisers et nos peaux qui se touchent ?

Antoine

Au café des types jouent au flipper et ils passent NRJ à fond. Je garde mon Walkman sur les oreilles, je me mets en boule au fond sur la banquette, mes lèvres touchent la laine de mon écharpe. Je sors ma feuille toute froissée de ma poche, je pose mon téléphone sur la table. Il me reste une dizaine de numéros. Chloé s'appelle Martin et l'hôpital où je l'ai rencontrée dessert six villes. Je ne sais pas où elle vit, c'est idiot, je ne le lui ai pas demandé. Du coup ça fait un paquet de gens qui portent son nom de famille, un paquet de numéros de téléphone.

Je regarde ma main droite, mon avant-bras. Les poils repoussent doucement. Parfois, mon petit doigt me lance. Surtout quand il pleut. Comme un vieux qu'aurait ses rhumatismes.

Si on regarde bien, le bras droit est moins épais que le gauche, et je trouve qu'il sent bizarre.

J'allume mon téléphone. Je ne sais pas si ça sert à quelque chose. Elle est peut-être sur la liste rouge.

Je compose le premier numéro. Une femme décroche, je demande à parler à Chloé. Il n'y a pas de Chloé ici, me répond-elle. Vous avez dû faire une erreur. Je raccroche et, sur mon papier, je barre une ligne. La patronne m'apporte un café. Quand elle se penche, je sens son parfum et c'est le même que celui de maman.

Le nom de famille de Chloé, ça fait quelques jours seulement que je le connais. C'est la sœur de Thomas qui me l'a donné. Elle vient d'avoir son diplôme d'infirmière, elle bosse là-bas depuis deux semaines. Elle a fouillé dans les registres et elle a trouvé ça, le nom de famille de Chloé. Elle n'a pas eu le temps de regarder l'adresse, sa chef est arrivée et lui a demandé ce qu'elle foutait. La sœur de Thomas a paniqué, elle a refermé le classeur et n'a jamais plus osé le rouvrir.

J'ai imprimé des pages entières de numéros de téléphone. Je les ai toujours sur moi et, dès que j'ai le temps et le courage, j'en élimine quelques-uns. Je ne peux pas en faire trop d'affilée à cause de la peur qui m'épuise.

La peur de tomber sur elle.

La peur de l'entendre, de lui parler.

La peur de savoir ce qu'elle est devenue, de vérifier ce que je sais bien au fond. Qu'elle m'a totalement oublié, que je suis juste pour elle un souvenir lointain et un peu vague.

Je demande un deuxième café, je monte le volume de la musique parce que maintenant c'est une vieille chanson de Leonard Cohen et c'est si triste qu'il faut écouter ça fort pour que ça vous emplisse complètement, que ça remplisse le corps de larmes, jusqu'au bord des yeux. Ces temps-ci je pleure pour un rien et c'est comme une vengeance. Un règlement de comptes avec moi-même. Je n'ai jamais vraiment digéré de pas avoir pleuré le jour où maman m'a dit c'est fini mon ange, ton papa est parti, ton papa est au ciel.

Maman et moi, on ne parle jamais de lui. Je crois que, pour elle, il n'y a pas besoin d'en parler, que son souvenir est tellement présent, intense et vibrant que ça se passe de commentaires.

Moi, plus j'y pense, plus je me rends compte qu'au fond je ne sais rien de lui, que mon père est mort depuis si longtemps que ça fait de lui un inconnu ou presque.

Avec ma main, j'efface la buée sur la vitre. C'est bien ce qu'il me semblait. Il neige. À peine, mais il neige.

Comme cette nuit-là.

Comme cette nuit-là quand je me suis levé et que j'ai vu de gros flocons blancs se détacher dans la lumière des lampadaires. Ça tombait à toute vitesse et une petite couche commençait déjà à se former sur le toit des voitures garées.

– Qu'est-ce que tu regardes ? m'a demandé Chloé.

– La neige, j'ai répondu. Il neige, t'as vu ?

Chloé s'est levée. C'était la première fois que je la voyais debout, débarrassée de son drap. Elle a fait deux pas vers la fenêtre et j'ai remarqué qu'elle boitait légèrement. Elle portait une chemise de nuit rouge, qui descendait jusqu'à ses mollets. Elle marchait pieds nus sur le carrelage gelé. Elle avait l'air d'une danseuse. Elle s'est approchée de moi, a effacé la buée sur la vitre avec la paume de sa main.

– C'est beau, elle a dit. J'aimerais bien la sentir sur moi. J'aime bien quand ça tombe dans les cheveux, que ça les solidifie juste un peu, tu vois ce que je veux dire ?

Pour toute réponse, j'ai pris sa main et je l'ai entraînée vers la porte. Elle m'a suivie sans résistance, sans même me poser de question. J'avais sa main dans la mienne, c'était la chose la plus insensée que j'avais jamais faite et c'était dingue comme la peur était loin tout à coup, c'était dingue de rien calculer à ce point, de faire les bons gestes au bon moment sans avoir même besoin d'y réfléchir.

Je ne sais pas pourquoi mais c'est à ce moment précis que j'ai su pour son père. Que j'ai su qu'il était mort. Dans les couloirs obscurs, sur la pointe des pieds, elle avait tout d'une orpheline.

Après la mort de papa, pendant un an, je n'ai pas prononcé le moindre mot. Maman m'a envoyé voir un médecin. Tout le monde pensait que je le faisais exprès. Tout le monde sauf elle. La vérité, pour autant que je m'en souvienne, c'est juste que c'était devenu impossible. Quelque chose dans ma gorge était si serré qu'aucun son ne sortait, qu'aucun mot ne pouvait se frayer le passage.

Et puis un jour, c'est revenu.

Sans raison, sans prévenir. D'un coup.

Je me souviens, c'était l'été, il y avait un jardin, le soleil qui tapait lourd et le bruit des abeilles.

Maman en a pleuré de joie.

Chloé

Maman m'appelle, me demande ce que je fous, dit qu'on ne va pas avoir le temps de s'arrêter prendre un petit café en amoureuses. Je descends les escaliers et, quand j'arrive dans le salon, je vois la neige tomber et mon cœur se serre. Je m'approche de la fenêtre et mes yeux s'emplissent d'eau, mon regard se trouble. Je me sentais si légère ce soir-là, au bout de sa main dans les couloirs, alors qu'il avait décidé de m'emmener dehors sentir la neige. On est sortis de la chambre, on marchait sans presque toucher le sol. De l'autre côté des portes battantes, c'était un autre couloir, sans lumière celui-là. On n'a pas allumé, on voulait passer inaperçus. On avançait lentement, on touchait les murs avec nos mains pour nous guider. Ils étaient parfaitement lisses et doux.

Je me souviens qu'on entendait des vieux tousser, cracher, geindre dans leur sommeil. Plusieurs fois, on a heurté des chariots, sur lesquels s'empilaient des restes de repas, des médicaments, des fioles et des instruments. Ça faisait des bruits de verre et les roulettes grinçaient, mais personne ne semblait s'en soucier. Plusieurs fois, à cause de ma hanche qui se bloquait et ripait à l'intérieur, j'ai failli hurler de douleur. Je suivais quand même, je ne voyais rien, je me laissais guider, je ne sentais plus mon poids au bout de son bras, j'étais sans résistance.

De temps en temps je le voyais se retourner et il me lançait un sourire ou une grimace, je ne savais pas trop, dans la pénombre on ne pouvait pas savoir.

À un moment, j'ai sursauté. Un type est sorti de sa chambre et on a stoppé net. Il semblait plutôt jeune, dans les vingt, vingt-cinq ans. Il portait un pyjama trop grand pour lui, qui flottait autour de ses os. Ses yeux immenses mangeaient son visage. Des yeux de fou, des yeux allumés de l'intérieur, comme si derrière brûlait un feu intense. Je me souviens m'être dit ça en le voyant. Ce sont exactement les mots qui me sont venus à l'esprit.

– Alors on se promène, il a fait.

– Dehors il neige, j'ai répondu. Tu veux venir avec nous ?

– Je ne peux pas. J'aimerais bien mais je ne peux pas. Je sors juste fumer une petite clope. Dans dix minutes faut que je sois dans ma chambre pour mes médicaments. On m'en donne toutes les heures.

– Toutes les heures ?

– Ouais. Sinon là-dedans, tout va partir en vrille et je passerai pas la nuit.

– C'est très grave, ta maladie ? j'ai demandé.

– Ouais, plutôt. C'est mon sang. Il est complètement pourri. Je vais mourir bientôt, mais les médicaments, ça me laisse un peu de temps devant moi. Ça fait quatre mois que je vis dans cet hôpital.

Antoine lui a demandé s'il préférerait pas en finir une fois pour toutes, plutôt que de vivre sous médicaments dans un hôpital. Moi aussi je me posais la question mais je n'aurais jamais osé lui demander.

– T'es complètement con ou quoi ? a répondu le type. À ton avis, entre vivre et mourir je choisis quoi ? J'ai vingt-cinq ans, mon cerveau marche bien. Je crache mes poumons, des fois je tiens à peine debout, je dors dix-huit heures par jour mais j'ai ma tête. Je rêve, je lis, j'écoute des disques, j'écris de la poésie. Vous savez, faut pas se tromper. Le corps c'est rien, une enveloppe, de la viande et du sang. Ce qui compte c'est la tête. C'est là-dedans qu'on vit. L'intérieur d'une tête, c'est infiniment plus grand que le monde...

Il a écrasé sa cigarette contre le mur, il devait y aller.

– Vous me raconterez, il a dit.

Avant de rentrer dans sa chambre, il nous a indiqué le chemin pour les ascenseurs. Cet hôpital, c'était un vrai labyrinthe et des couloirs se croisaient dans tous les sens. Dès qu'on entendait des pas, on se planquait dans la chambre la plus proche. La plupart du temps elles étaient plongées dans le noir et, dans les lits, des vieux ronflaient. On avait un mal de chien à se retenir de rire, tous les deux planqués là. On attendait un moment que les pas s'éloignent, et quand tout était bien calme on ressortait. Une fois quand même, il y a eu un téléviseur allumé et deux femmes ahuries qui ouvraient grand la bouche en nous voyant. J'ai mis mon doigt devant mes lèvres en faisant des yeux implorants, des yeux de chien battu. Les vieilles n'ont rien dit, se sont remises à fixer

Jean-Luc Delarue qui écoutait pour la cent millième fois des gens dire qu'ils étaient gros et fiers de l'être, qu'il ne fallait pas se soucier du regard des autres et des canons esthétiques de l'époque, que l'essentiel c'était d'être bien dans sa peau.

Dehors, les flocons tourbillonnaient. J'ai pointé mon nez vers le ciel, et il a fait pareil, et tous les deux on a ouvert grand la bouche pour sentir la neige se poser sur la langue et fondre doucement. Il m'imitait, on tournait les bras en croix, on était complètement ivres et gelés.

On a laissé le parking derrière nous. Les rues étaient désertes.

– Si ça se trouve, le fleuve est gelé et on peut marcher dessus, a fait Antoine.

J'ai trouvé ça dingue qu'il dise ça. Parce que moi, j'étais justement en train d'y penser, au fleuve gelé. Papa m'y emmenait quand j'étais petite. J'avais pas de patins et lui non plus mais on glissait mieux que les patineurs avec leurs costumes brillants et les filles avec leurs jupes atroces et pailletées. Je lui ai proposé qu'on aille voir ça de plus près. Il a semblé troublé et, durant un instant, je me suis demandé si lui aussi il allait patiner avec son père, des années auparavant. J'ai respiré un grand coup mais c'est lui qui a posé la fameuse question. Celle qui me taraudait depuis le début. Qui me trottait dans la tête sans que je sache pourquoi.

– Ton père est mort, toi aussi ?

Antoine a planté son regard dans mes yeux. Son visage était parfaitement livide. Tout à coup, j'ai senti mes jambes se dérober sous mon corps. Il a pris mon bras et je pouvais rien faire contre ça, je me suis mise à trembler comme une feuille. Dans ma tête, je voyais papa dans son blouson en cuir, qui me tenait la main et patinait en chantant des valses à tue-tête.

– Pardon, Chloé, je n'aurais pas dû te poser cette question.

– Non, c'est pas grave, j'ai dit. Mais comment tu le sais ?

Tout tournait autour de moi, j'avais le vertige.

– Je ne sais pas. Je l'ai senti.

C'est tout ce qu'il a dit. J'ai fermé les yeux pour reprendre mes esprits. J'ai respiré un grand coup, j'ai cherché à retrouver mon souffle comme on m'avait appris à le faire, au cours de théâtre. On s'est remis en route et c'était bien la première fois que ce cours me servait à quelque chose. Maman avait tenu absolument à ce que je m'y inscrive, pour combattre ma timidité, disait-elle. Mais là-bas comme ailleurs, on me regardait bizarrement et j'étais si loin, si profondément absente.

On a marché dans la nuit, nos pas crissaient dans la neige en tas sur les trottoirs. Les rues étaient désertes et descendaient vers le fleuve, bordées de pavillons aux fenêtres allumées. Il m'a dit qu'il habitait de l'autre côté, au milieu des grands immeubles. Je vivais plus loin encore, je ne crois pas avoir précisé où exactement et je me dis que, si je l'avais fait, aujourd'hui tout serait différent. J'ai dû faire un geste vague, qui désignait la Nationale et la forêt au-delà.

On s'est arrêtés au bord du fleuve et l'eau était solide. La couche de glace était mince mais ça suffisait pour faire quelques pas. On se tenait l'un à l'autre pour pas tomber. On a longé la berge un moment, puis on s'est éloignés et, sous les pieds, on sentait bien que c'était de moins en moins épais. J'ai imaginé le bruit sourd que ça pourrait faire en cédant, nos corps aspirés vers le fond. On grelottait et, quand des voitures passaient pas loin, les lumières se reflétaient. Arrivés au milieu du fleuve, j'ai pas pu m'en empêcher, je l'ai embrassé et c'était intense et confus, comme si c'était déjà arrivé des milliers de fois et complètement nouveau en même temps. On a tourné en s'embrassant. On a fait des tours et des tours. De temps en temps nos bouches se décollaient et on levait la tête, et le ciel et la neige et les nuages, tout valsait.

On a fait demi-tour, des feuilles et des branchages glissaient à la surface.

Après on a longé l'eau congelée en écartant les buissons et les saules parfaitement nus. J'ai demandé à Antoine si ça allait. Il m'a répondu qu'avec le froid il ne sentait plus sa main ni son doigt tordu. De toute façon, ça faisait des heures qu'il n'y pensait plus. C'est ce qu'il a dit, avec un sourire qui voulait dire autre chose.

Antoine

La neige s'est arrêtée de tomber. Ça n'aura pas duré longtemps. Je remets ma veste, je sors du café et au-dessus des rues, le ciel se dégage doucement. Le vent souffle si fort aujourd'hui. Je remets mon Walkman, je pousse le volume à fond et le type à l'intérieur chante comme on pleure, sa voix déraille et à l'entendre, on parierait un paquet sur sa mort volontaire dans les prochains mois.

Je me dirige vers chez moi. De là où je suis, de temps en temps, entre deux maisons, j'aperçois le fleuve. C'est ce soir-là qu'il a commencé à geler et, pendant dix jours, des gens sont venus y patiner. On se serait cru dans ces tableaux de Bruegel que nous a montrés la prof de dessin hier.

Je regarde ce ruban cerné d'arbres et sa voix, je peux jurer que je l'entends comme si c'était hier.

– J'ai mal. J'en peux plus. Vraiment j'en peux plus.

Elle disait ça en se tenant la hanche, pliée en deux comme une poupée cassée, elle était au bord des larmes. On a laissé le fleuve derrière nous et j'ai voulu la porter jusqu'à la route. La terre était gelée et glissait. La terre endormie se dérobait sous mes pieds, Chloé pesait sur mes bras endoloris, je me suis écroulé. On est restés un moment là, au pied d'un arbre. J'avais besoin de reprendre mon souffle.

J'ai frotté le dos et les bras de Chloé pour pas qu'elle ait trop froid. On s'est embrassés à nouveau. On s'est laissés glisser jusqu'à la berge. Tout près de l'eau, à cet endroit, ça faisait comme une plage, une minuscule étendue de sable argenté s'échouait dans le courant stoppé par le froid. De temps en temps, on entendait les voitures un peu plus haut et, au loin, des rires et de la musique. Les jeunes du coin venaient souvent là pour faire des feux, boire des bières et écouter de la musique la cigarette aux lèvres et les yeux fermés ou tournés vers le ciel, du moins c'est ce qui se disait au lycée.

Chloé s'est blottie contre moi. Elle tremblait, elle semblait minuscule tout à coup. Elle s'est mise à murmurer quelque chose que je n'ai pas compris. Je lui ai demandé de répéter. Elle s'est redressée, m'a fixé d'une manière si intense que j'ai eu du mal à soutenir son regard planté dans le mien.

– J'ai vraiment peur, tu sais. Peur de ne pas me réveiller demain.

– Pourquoi veux-tu qu'un truc pareil arrive, j'ai répondu. On est plus au Moyen Âge. C'est un hôpital moderne. Ils endorment des gens tous les jours et tout le monde se réveille toujours.

J'ai dit ça pour la rassurer mais j'en étais pas sûr. J'avais entendu des tas d'histoires. Des types qui étaient morts pendant l'opération, sans raison apparente, comme s'ils s'étaient endormis trop profondément. D'autres qui ne s'étaient réveillés que plusieurs mois plus tard. D'autres enfin qui avaient été déclarés morts et s'étaient remis à respirer quelques instants après, et qui racontaient tous ces trucs bizarres. Les visages qu'ils voyaient, les voix qui leur parlaient, essayaient de les rassurer, le tunnel et le sentiment d'aspiration. La lumière blanche et tous ces trucs.

– Mon père est mort comme ça, a dit Chloé.

Et sa voix a résonné longtemps après ça. Je l'ai embrassée pour que ça s'arrête de tourner dans nos crânes à tous les deux. Sa bouche, c'était d'une telle douceur, et son corps abandonné entre mes bras, pareil.

Chloé

J'appelle maman mais elle ne répond pas. Elle est sans doute sortie. Elle a mis le nez dehors et une voisine l'a alpaguée et elles parlent de tout et de rien, les bras croisés, dans le silence des rues pavillonnaires au matin, quand beaucoup sont partis travailler et que les autres boivent leur café debout dans la cuisine, tournés vers la fenêtre, avant de se remettre au ménage.

Je me laisse tomber dans le fauteuil. Sur la moquette traînent les journaux de mon beau-père. Des revues d'actualité qu'il lit en poussant de longs soupirs. J'ignore s'il se lamente sur l'état du monde ou sur celui de la presse. À moins que ce ne soit les deux à la fois.

Le vent a tout dégagé et le soleil vient me cuire la joue. Je ferme les yeux et c'est bon, cette chaleur. Je tourne mon visage et mes paupières sont closes et s'enflamment. Je vois du rouge et du orange. Je voudrais que ça me fasse penser à autre chose mais je ne peux pas, ce feu sous les paupières, ça me fait juste penser à ça, à ce type qui crachait du feu et dont l'ami allait mourir.

Après le fleuve et nos pas sur la glace, on s'est remis en route. Les buissons accrochaient le tissu de ma chemise de nuit, me griffaient les mollets. La neige me tombait dans les yeux et dans la bouche, j'étais trempée mais je n'avais pas froid. On a déboulé sur la route. De l'autre côté, derrière des grillages immenses, des avions reposaient comme des oiseaux mazoutés.

Au niveau du parking, trois types crachaient du feu. Ils buvaient deux trois gorgées dans une bouteille en plastique, et crachaient sur une torche immense. Les flammes jaillissaient et semblaient s'envoler, rebondir dans l'air avant de disparaître. Ils nous ont fait signe et on est restés un moment à les regarder, avec les arbres et le fleuve qui coulait derrière. Il faisait de plus en plus froid, je me suis mise à grelotter. Antoine m'a serrée dans ses bras. Un des types s'est approché de nous et m'a mis sa veste sur les épaules. Puis il m'a tendu une bouteille en verre. J'ai bu une gorgée et ça m'a brûlé tout l'intérieur. La langue, la gorge et les poumons. Antoine a bu à son tour et il a toussé.

– Qu'est-ce que vous foutez là à une heure pareille ? a demandé le type.

– On est à l'hôpital, là-haut, on voulait voir la neige.

– Vous êtes à pied ?

– Oui, j'ai fait de la tête.

– Bon, ben de toute façon, je vais pas tarder et c'est sur mon chemin. Je vous ramène là-haut.

Il a remballé sa torche, enlevé sa combinaison noire.

– Ça, c'est une tenue spéciale. Ça brûle pas. C'est ignifugé.

En dessous, il portait un vieux jean et un gros pull vert en laine. On l'a suivi jusqu'à sa voiture.

– Tu boites, il fait en me regardant.

– C'est ma hanche, elle se débine. C'est pour ça que je suis à l'hôpital.

Sans un mot il s'est approché, m'a serrée contre lui et a soulevé mes jambes. Il m'a soulevée comme une princesse et j'ai enlacé sa nuque en souriant. J'ai regardé Antoine et j'ai bien vu que, tout à coup, quelque chose a semblé lui mordre le cœur à pleines dents. La jalousie ou un truc comme ça. J'ai fermé les yeux pour en rajouter un peu. Je ne sais pas pourquoi mais ça me plaisait de le sentir déjà jaloux.

Antoine s'est installé à l'avant. Sur la banquette arrière était étendue une vieille couverture. J'ai mis du temps à comprendre que la boule de poils enroulée sur elle-même à côté de moi était un chien. Il a grogné quand je me suis assise, le type m'a dit qu'il ne fallait pas s'inquiéter, qu'il n'était pas méchant. Le moteur a craché comme un petit vieux avant de se mettre à ronronner. La voiture faisait des bruits de casseroles, on sentait l'air passer à travers la tôle, les poignées de portes, les vitres mal fermées. J'ai regardé le plancher, et les gros bouts de moquette mal coupés ne suffisaient pas à masquer les trous et la rouille. J'ai pensé que j'allais voir la route défiler sous mes pieds mais, dès qu'on s'est mis à rouler, c'est juste devenu un trou opaque. Tous les trois, on s'échangeait la bouteille. Je commençais à m'habituer et c'était bon cette chaleur à l'intérieur, et comme tout tanguait doucement, tout doucement. Le type s'est allumé une cigarette, en a proposé une à Antoine, qui l'a mise dans sa bouche sans l'allumer.

– Je la garde pour plus tard, il a dit en jetant un œil dans le rétroviseur.

– Faut jamais rien garder pour plus tard, a fait le type. Plus tard, c'est déjà trop tard.

– Qu'est-ce que t'en sais ? j'ai demandé.

– Je le sais, c'est tout. Ce qui n'est pas donné est perdu. Ce que tu gardes est foutu. C'est une chanson, et des fois, les chansons disent vrai. Il faut écouter les chansons. Enfin, pas toutes. Pas celles qui passent à la radio.

Après ça il a plus rien dit. Il s'est arrêté sur le parking de l'hôpital. J'avais les joues en feu et la tête qui tournait comme dans un manège.

– Vous êtes dans quel bâtiment ? il a fait.

– Le « B ».

– Le « B » ?

– Ouais, le « B », comme « bouché ».

– Si vous croisez un type de mon âge, qui s'appelle Nicolas, vous lui passez le bonjour.

– On a croisé un type, tout à l'heure, mais je ne sais pas comment il s'appelle. Il est très malade. Une maladie du sang. C'est peut-être lui ?

– Ça se peut bien. Il avait l'air comment ?

– Il avait l'air d'être sur le point de mourir, j'ai dit. C'est qui ? C'est ton frère ?

– Non. C'est pas mon frère mais c'est pareil. Ça fait deux mois que je ne l'ai pas vu.

– Pourquoi tu viens pas le voir à l'hôpital ? a demandé Antoine. Ça lui ferait sûrement plaisir.

– Je crois pas, non. On s'est engueulés, juste avant qu'il tombe malade. La dernière fois que je l'ai croisé, il ne m'a même pas adressé la parole. Et puis, je crois que j'aurais pas la force de le voir comme ça.

Ses yeux se sont perdus dans le vide, par-delà le pare-brise, les arbres nus, les bâtiments dans la nuit.

– Bon, allez-y. Ils doivent vous chercher partout. Et si vous le voyez, finalement, lui dites rien, je préfère comme ça.

Je me suis penché pour lui faire la bise et, dans l'obscurité, je ne sais pas ce qu'a pu s'imaginer Antoine, mais il est sorti sans rien dire et nous a laissés là. J'ai voulu le rattraper mais ma hanche me faisait si mal. J'ai crié :

– Antoine, qu'est-ce que tu fous ? Attends-moi.

Il a fait comme s'il n'entendait pas, il a continué à marcher, je l'ai suivi de loin, l'ai vu s'engouffrer dans l'ascenseur, l'ai imaginé traverser des couloirs, ouvrir la porte et se laisser tomber à plat ventre sur son lit.

Antoine

Devant moi, il y a cette fille et elle boite très légèrement il me semble. J'accélère, je la rattrape presque mais elle monte dans un bus alors moi aussi. Une fois à l'intérieur, elle s'accroche à la barre et me tourne le dos.

Dans les vitres, son visage de profil, je crois la reconnaître, je m'approche, j'ai le souffle court et les jambes liquides, je prononce son nom.

Elle se retourne et ce n'est pas elle.

Ce n'est tellement pas elle que je m'en veux d'y avoir cru, comme si en me trompant je l'avais trahie.

Le bus ralentit, se range face aux barres d'immeubles. Je descends et je ne suis plus si loin de chez moi. Je me sens complètement vide et épuisé. Chaque fois que ce genre de chose m'arrive, ça me vide et m'épuise. Le pire, c'est quand je crois la voir au bras d'un autre. Je crois la voir et il l'embrasse et la morsure est si forte que j'ai l'impression que je vais mourir sur le coup, comme cette nuit-là, quand elle s'est penchée vers le cracheur de feu et que j'ai cru les voir s'embrasser. Et encore aujourd'hui, même si elle m'a juré que c'était faux, que je m'étais trompé, encore aujourd'hui je garde au cœur la sensation de ce pincement, ce coup d'aiguille, de coutelas.

J'avais cru la voir et je m'étais enfui. J'avais couru jusqu'à la chambre, tout en sachant très bien qu'elle m'y rejoindrait tôt ou tard. Je suis entré, je n'ai pas allumé la lumière, j'ai enlevé mon pyjama trempé et je me suis retrouvé nu sous les draps. Je me souviens du silence un peu bizarre, où bourdonnaient les néons du couloir. Toutes lumières éteintes, il ne faisait pas tout à fait noir. Juste au-dessus de la porte, un rectangle en verre opaque donnait sur le couloir éclairé, et les fenêtres n'avaient pas de volets. Le temps me paraissait si long, à attendre qu'elle revienne. Elle avait dû rester un moment avec ce type, dans la voiture, voilà ce que je me disais. Il avait dû lui raconter sa vie, des trucs pas croyables, comme quoi il vivait dans une maison abandonnée avec des copains, qu'ils étaient tous cracheurs de feu et surfeurs et musiciens, et moi à côté, maintenant, je devais lui sembler minuscule et insignifiant, minable et invisible, avec mon petit doigt retourné et ma tronche de premier de la classe. Voilà ce que je me disais. Mais j'avais tort.

Quelques secondes plus tard, Chloé est arrivée et s'est mise au lit sans un mot. Elle respirait bruyamment, elle était essoufflée et je me suis demandé si elle avait couru et je m'en suis voulu à mort. Puis j'ai entendu des bruits d'étoffe et des grognements, sa hanche devait lui faire terriblement mal. Je me suis retourné doucement et j'ai vu qu'elle essayait de se changer dans son lit, en se tortillant un peu.

J'ai fermé les yeux un long moment. Et puis je l'ai entendue se lever, s'approcher de mon lit. Elle s'est penchée sur mon visage. Dans un murmure, m'a demandé si je dormais. Je n'ai rien répondu. J'ai senti les larmes et la rage qui me montaient au bord des yeux.

Elle s'est allongée près de moi.

Je sentais son corps de l'autre côté du drap.

Et son souffle chaud dans mon cou.

Au bout d'un moment, j'ai senti qu'elle dormait.

J'étais bien. Les yeux ouverts sur la nuit.

Un peu plus tard, je me suis rendu compte qu'elle tremblait et ça m'a fait battre le cœur. C'était comme se réveiller en sursaut. Elle m'avait rejoint sous les draps, sa main touchait la peau de mon ventre.

Je me suis levé doucement, j'ai attrapé mon pantalon de pyjama sur le radiateur et je l'ai enfilé. Sa main s'est accrochée à mon bras, elle s'est mise à grogner des mots incompréhensibles, comme des prières ou autre chose. Des trucs comme «j'ai peur», comme «je tombe», comme «ne me laisse pas». Alors je suis retourné dans le lit et je l'ai serrée contre moi, je l'ai enlacée, nos mains se mêlaient et mon doigt me faisait si mal que je ne le sentais plus, j'étais au-delà de la douleur. Tout s'inversait, s'annulait, comme quand la neige est si froide qu'elle finit par vous brûler. Je l'ai serrée du plus fort que j'ai pu et je lui ai murmuré à l'oreille des mots comme des lettres d'amour. Des mots comme «je suis là», comme «n'aie pas peur», comme «il ne t'arrivera jamais rien».

Elle s'est calmée doucement. Puis elle a ouvert les yeux et nos visages se touchaient presque. Elle a collé ses lèvres contre les miennes et sa bouche, c'est certain, je la connaissais mieux que tout.

– J'ai si peur pour demain, elle a dit.

– Ne t'inquiète pas. Je suis là. Il ne peut rien t'arriver tant que je suis là. Tout va se passer normalement, j'en suis sûr. Après l'opération, tu vas te réveiller tranquillement, comme des millions de gens le font chaque jour, et je serai là près de toi. Je te tiendrai la main.

Elle n'a rien répondu, mais je savais bien que tout ce que je pouvais lui dire ne pouvait rien contre ça. La peur qu'elle avait de mourir. De mourir comme son père. Exactement comme son père. J'ai continué à lui parler, à lui glisser des mots à l'oreille et plus je lui parlais, plus elle semblait se détendre. Au bout d'un moment, je l'ai sentie molle et douce entre mes bras, et nos mains se sont mises à circuler partout sur nos peaux, sous les vêtements. On s'est embrassés à s'en faire mal, nos dents s'entrechoquaient et mordaient nos lèvres. Et nous nous sommes désenlacés. Tout doucement. Pour ne pas nous faire de mal.

Elle s'est relevée, est descendue du lit. Elle s'est postée devant la fenêtre.

– Il ne neige plus, elle a dit. C'est beau. Tout est blanc maintenant. C'est vraiment magnifique. Demain matin, ce sera juste de la bouillie dégueulasse.

En l'écoutant, j'ai pensé qu'au fond elle comme moi on était incapables de profiter des choses sans penser à plus tard, quand elles seraient enfuies, envolées, mortes ou salies. Je me suis approché d'elle, j'ai regardé par la fenêtre, j'ai regardé la neige moi aussi, et, comme elle, je voyais à la fois la blancheur et le gris dégueulasse que ça allait laisser. Je suppose que connaître la mort de trop près vous colle ce genre de chose dans la tête. Je suppose qu'elle et moi, ça nous les a mises dans le crâne un peu trop tôt.

Chloé

Lui comme moi, cette nuit-là, on n'avait pas envie de dormir. Vraiment pas. Je crois qu'on voulait profiter l'un de l'autre au maximum. Comme si on allait jamais se revoir. Comme si le lendemain tout allait disparaître, lui, moi, le monde autour de nous. J'aurais vraiment préféré que ce soit juste une peur débile, ce sentiment d'urgence que donne la vie parfois, quand elle s'accélère, que le sang bat plus vite tout à coup. J'aurais préféré qu'on se trompe.

On s'est regardés. On n'a pas eu besoin de se dire quoi que ce soit. On est ressortis. Il le fallait. Il ne fallait surtout pas s'endormir.

Je pense à ça en feuilletant un livre, en attendant maman qui ne rentre pas. Je pense à ça et je retombe sur cette lettre. Je l'ai trouvée dans mon sac l'autre matin, au lycée. Elle est signée Franck et j'ignore comment il a pu la glisser là. J'ignorais aussi qu'il connaissait mon prénom ou même mon existence. Je la relis et j'ai envie de rire mais je ne devrais pas. Les déclarations d'amour sont des choses sérieuses. Même lorsqu'elles sont si mal écrites, même lorsqu'elle sont si ridicules et niaises. Je la relis et je me demande bien pourquoi je ne l'ai pas encore appelé, ne lui ai pas proposé d'aller au cinéma ou de passer un après-midi à Paris le week-end prochain. Pour autant que mes yeux se soient vraiment arrêtés sur lui un jour, Franck est plutôt mignon, des yeux verts sous des cheveux très noirs. Il est plutôt taciturne et cela cache peut-être beaucoup de profondeur. Je me dis ça sans y croire. Je me dis ça et je m'en veux de ne pas y croire. Je voudrais tant être capable de passer à autre chose. C'est si loin déjà. Six semaines maintenant. C'est si loin et pourtant si présent, comme si c'était hier.

À nouveau, je ferme les yeux et je vois les couloirs déserts. La pluie crépite au-dessus de nos têtes. Antoine marche sur la pointe des pieds, il court presque, de la chambre jusqu'aux ascenseurs. Dans le coin près des fenêtres, à côté des fauteuils et de la table basse pour les visiteurs, des cendriers remplis à ras bord, des revues empilées en vrac, il est toujours là. Je l'ai repéré en arrivant. Un fauteuil noir, les roues recouvertes de deux pneus gris, le siège, les accoudoirs et le dossier en cuir noir et mou. Il le pousse vers moi, le positionne de manière que je m'y installe. Je me laisse tomber et tout bascule en arrière. Je me retrouve par terre et je ris aux éclats. Un type dans une chambre nous demande de fermer nos gueules. Antoine a un mal de chien à me redresser. On se met en route. J'entends encore le caoutchouc grincer sur le sol. J'ai mal au ventre à force de me retenir de rire.

Dans l'ascenseur, je fais des grimaces aux miroirs et Antoine me dit que, même avec la bouche et tout le reste complètement déformés, il me trouve belle. J'ai envie qu'il m'embrasse alors je l'attire vers moi, sa bouche est fraîche et douce et je le laisse passer sa main sous ma chemise, entre deux boutons, au niveau de la poitrine. On s'arrête avant le rez-de-chaussée. Les couloirs sont pareils. À peine éclairés avec des portes en enfilade et des chariots garés sur les côtés. On entend des cris de bébés, des pleurs, des grognements, et les voix des mamans qui leur chantonnent des berceuses pour les calmer, qui leur disent c'est rien c'est rien maman va te donner à manger, qui disent fais dodo mon tout petit, fais dodo mon ange.

On traverse le service sans croiser personne. De l'autre côté des portes battantes, on trouve d'autres ascenseurs. On entre et on se retrouve nez à nez avec le type. Le type avec sa maladie de sang et ses yeux de fou.

– Alors cette neige. Elle était comment ? il fait.

– Froide, répond Antoine.

– T'es un petit malin, toi.

Et à ce moment précis une lumière incroyable, une lueur tranchante passe dans ses yeux. Ce type a comme le pouvoir de s'allumer de l'intérieur.

– C'est toi, Nicolas ? je demande.

– Je sais pas. Je m'appelle Nicolas mais je suis pas sûr d'être celui auquel tu penses. Il y a des tas de types qui s'appellent Nicolas.

– Ben, celui auquel je pense, il y a un type qui lui passe le bonjour, un type qu'il a pas vu depuis deux mois. Un cracheur de feu.

– Alors non, je suis pas ton Nicolas.

Au moment où il dit ça, je vois ses yeux s'éteindre et son sourire se crisper. Ça fait plus de doute, c'est bien lui, le Nicolas auquel je pense. On le suit dans les couloirs du dessous. Antoine lui demande s'il cherche quelqu'un ou quelque chose en particulier. Il répond que non, qu'il marche juste pour marcher. Que tant qu'il en a la force, il veut en profiter. Il ajoute que marcher sans but, c'est ce qu'il y a de mieux pour faire fonctionner son cerveau, que le mouvement du corps est comme le mouvement de sa pensée.

– Marcher en pensant ou penser en marchant, c'est un bon garde-fou contre la pensée molle, la pensée avachie. Les fauteuils, c'est bon pour dormir et, pour penser, faut être en éveil.

Je ne suis pas bien sûr de comprendre ce qu'il veut dire par là. Antoine hoche la tête en le regardant d'un air fasciné. Puis il se met à nous parler d'un type, un écrivain qui s'est retrouvé dans un camp de prisonniers, pendant la guerre. Le gars écrivait ses livres dans sa tête en marchant, par chapitres entiers, pendant les promenades obligatoires. Tout était dans son cerveau, mot à mot, phrase par phrase. Quand il rentrait au baraquement, il avait plus qu'à tout mettre sur le papier. Quand on avait retrouvé ses carnets, on s'était aperçu qu'il n'y avait pas la moindre rature. C'était écrit d'une écriture minuscule et serrée à cause du rationnement de papier.

Il ajoute que, quand on lit le bouquin de ce type, il suffit de tendre l'oreille pour entendre qu'il l'a écrit en marchant, qu'il l'a écrit debout, dehors, guidé par le rythme de ses pas. Antoine le regarde nous raconter ses salades avec des yeux immenses et vibrants et ça me plaît qu'il l'écoute avec ces yeux-là. Quand on passe devant sa chambre, Nicolas s'arrête et nous annonce qu'il va se coucher. Il est fatigué, il faut qu'il dorme.

– Attendez-moi là un instant.

Il disparaît derrière la porte de sa chambre. Au bout d'un moment, il ressort avec un livre à la main. Il nous le tend. Ça s'appelle *La Peau et les Os*. C'est le fameux livre du fameux type.

– Lisez-le. Peut-être pas tout de suite, vous êtes encore trop jeunes, mais dans quelque temps lisez-le. Vous verrez ce que c'est qu'un type debout. Un type qui garde les yeux grands ouverts.

– Et toi, je lui demande? Ça va pas te manquer?

– Moi? Je le connais par cœur. Et puis, de toute façon les livres, c'est pas fait pour prendre la poussière sur une étagère. Faut toujours prêter ses livres, ceux qu'on a aimés. Faut les faire circuler.

– Moi, de toute façon, j'aime pas trop lire, je dis.

– Ah ouais, et t'aimes quoi alors?

Je suis infoutue de répondre à sa question.

C'est vrai, au fond, j'aime quoi, moi? La seule réponse valable qui m'a traversé le crâne à ce moment-là, c'est Antoine, mais je n'ose pas. Le type nous souhaite bonne nuit. Il pose un baiser sur mon front et après on ne le revoit plus.

Je revois tout ça et c'est si bon. Un instant, je me dis que je suis prête à ça, désormais. Vivre dans le passé. Vivre dans un passé idéal. Un passé où papa serait vivant. Un passé où toutes les nuits ressembleraient à cette nuit-là.

Maman déboule dans le salon. Ses joues sont rougies par le froid. Elle pose sa main sur ma joue et je crie tellement c'est glacé.

– Allez, habille-toi. On y va. Couvre-toi parce que ça caille…

Antoine

– Qu'est-ce que tu fais là à cette heure ?

– Et toi ? je fais. Et c'est qui, ce type ?

– Antoine, ne me parle pas sur ce ton.

Il est midi et maman est en peignoir au milieu du salon. Elle pose son plateau sur la table basse. Dessus, il y a deux tasses et une cafetière remplie à ras bord.

Quant je suis arrivé devant la maison tout à l'heure, j'ai vu son ombre derrière la fenêtre. Je me suis demandé ce qu'elle foutait là, comment ça se faisait qu'elle était pas au travail. Et puis j'ai vu ce type s'approcher d'elle, la peau nue de son torse et le baiser qu'il a glissé dans son cou. Je suis allé vomir au fond du jardin. Je me suis assis le cul dans la terre froide, je me suis calé contre le tronc du cerisier et j'ai gratté l'écorce avec les doigts et je me suis mis à pleurer comme un môme, à pleurer comme j'aurais dû le faire à la mort de papa.

Je regarde le type derrière maman. Il finit de rentrer les pans de sa chemise blanche dans son jean. Je le regarde et je me dis que ça pourrait très bien être mon père, que ça ne ferait presque pas de différence. Qu'il suffirait qu'il me donne des photos de lui plus jeune, qu'il suffirait de trois, quatre heures sur Photoshop et ça suffirait à nous inventer des souvenirs plus réels que les miens. Qu'il suffirait de regarder les photos bien intensément, jusqu'à ce qu'elles s'imprègnent et s'incrustent une fois pour toutes. Je me dis ça et je sais que c'est faux.

Il s'assied dans le canapé et verse du café dans sa tasse. Il allume une cigarette et maman me prend la main et ce qu'elle va me dire je le sais déjà mais elle me le dit quand même, que papa est mort depuis six ans maintenant et qu'est-ce que je veux, qu'elle vive comme une morte elle aussi, qu'elle s'arrête de vivre en pensant à lui tout le temps ? Je sais qu'elle a raison mais ça n'empêche rien. Je monte dans ma chambre sans rien dire. Je balance mon sac sur le lit, j'envoie valdinguer la lampe de chevet contre la moquette et, avec ma main droite, je frappe le mur puis le miroir et ça explose en mille morceaux. Je sens mon petit doigt se fissurer, je sens que c'est plus comme avant, qu'il gardera toujours la trace de ce qui s'est brisé en lui.

Je saigne à peine et le verre n'a fait pratiquement aucun bruit en tombant sur le sol.

Je m'allonge, je ferme les yeux et je repense à ce matin-là, à cette sensation soudain que quelque chose m'a été retiré. Quelque chose comme la vie qui bat. À ce matin-là et à ce qui a précédé. À cette nuit-là et à ce qui a suivi. La vie intense et puis son contraire.

Quand on est arrivés dans la chambre, après notre petite balade dans les couloirs, tout était allumé et deux infirmières nous ont dévisagés.

– Non mais vous vous croyez où ? Qu'est-ce que c'est que ce bordel ? On vous a cherchés partout. On était sur le point de prévenir vos parents. Vous, mademoiselle, j'ai même appelé votre père sur son portable mais, par chance pour vous, il n'a pas répondu.

– Ton père ? j'ai demandé.

Chloé n'a pas répondu, elle s'est dirigée vers son lit, s'est jetée sur le matelas, à plat ventre, et a fait mine de s'endormir aussitôt.

– Dites donc, ma petite, vous m'écoutez quand je vous parle ? Vous étiez où, d'abord ?

Chloé s'est glissée sous les couvertures. Même sa tête était cachée. On devinait qu'elle était recroquevillée sur elle-même et qu'elle tremblait. Les infirmières ont soupiré en même temps et puis elles ont quitté la chambre.

J'ai éteint les lumières. Je me suis approché d'elle. J'ai touché son bras par-dessus le drap et elle a grogné.

Je me suis allongé près d'elle. Elle s'est collée contre moi. Je l'ai serrée du plus fort que j'ai pu. Elle a soulevé le drap et je l'ai rejointe. Mon ventre s'est collé contre son dos, je respirais l'odeur de ses cheveux.

– C'est quoi cette histoire ? Tu m'as dit que ton père…

– Elles parlaient de mon beau-père. Il est ambulancier. Tout le monde le connaît ici.

– Tu le détestes ?

– Même pas. Je l'aime bien, même. Des fois, quand ils sont ensemble avec maman, tous les trois on est tellement bien, tout est si naturel, c'est comme si papa n'avait jamais existé, tu comprends ?

Sans un mot, Chloé a ôté sa chemise de nuit.

Même sans le vouloir, je ne pouvais pas faire autrement que toucher sa peau avec mes mains.

Elle était tout à fait nue et s'est tournée vers moi, a guidé mes mains sur ses seins. Je les ai caressés très lentement. D'abord du bout des doigts et puis après avec la paume.

Ses yeux se sont fermés et j'ai passé tout doucement ma main sur tout son corps, des pieds à la tête, plusieurs fois. Elle frissonnait et la toucher, c'était déjà tellement, moi aussi je fermais les yeux, je me disais que de voir son corps blanc sous les draps, de pouvoir le contempler, ça me ferait mourir d'un coup, que ça pourrait me foudroyer.

– Ouvre les yeux, a dit Chloé. Regarde-moi.

J'ai obéi. J'ai soulevé le drap pour mieux la contempler. Son corps blanc. Sa peau, ses hanches, son sexe. Elle souriait.

J'ai enlevé mes vêtements à mon tour et on s'est collés. Nos corps ventousés, peau contre peau.

Elle a descendu sa main le long de mon ventre, elle a saisi mon sexe dressé et en riant elle a ajouté :

– Je ne pensais pas que c'était si doux et si chaud.

Puis tout s'est accéléré et nos langues se sont mêlées et nos corps pareil et tout valsait et, tout ce temps, j'ai cru basculer dans un autre monde.

Juste avant de sombrer dans un sommeil de plomb, elle m'a dit :

– Si je meurs demain, j'aurai au moins connu ça.

J'ai fermé les yeux. Le sang battait dans mes tempes, circulait à toute vitesse à l'intérieur de mes veines. J'étais infiniment vivant, tranchant et lumineux. Je n'avais aucune envie de dormir. J'avais l'impression que plus jamais j'en aurais envie. Plus jamais.

Je me suis levé, j'ai bordé Chloé et le drap a pris très précisément la forme de son corps. J'ai embrassé son front. Par la fenêtre, j'ai vu le ciel s'éclaircir, les premiers trains circuler, le ruban de voitures se densifier. Le matin approchait.

J'ai vu le jour se lever sur son corps endormi, son visage en paix.

La main de l'infirmière, sur mon épaule, c'est ça qui m'a réveillé. J'étais dans le fauteuil en cuir, recroquevillé et nu.

– Je vais prendre votre tension et votre température, mon petit, a fait une femme énorme, les cheveux teints en roux et les yeux trop maquillés. Mais va falloir enfiler quelque chose, mon garçon.

– Elle est où, Chloé, j'ai demandé après avoir jeté un œil en direction du lit.

– En salle d'anesthésie. L'opération est dans une heure.

Le jour où le monde s'écroulera, je pense que je serai pas surpris de l'effet que ça fera. J'aurai déjà donné. J'ai refermé les yeux, j'ai serré les poings et, dans mon crâne, c'était comme une prière pour pas qu'elle meure, une prière pour jamais la perdre.

J'ai enfilé mon pyjama. Mes gestes étaient lents et mous, comme si la vie s'était enfuie de mon corps, avait emporté le sang et les muscles en partant.

– Allez, mon petit, on se réveille...

Elle m'a mis le thermomètre dans l'oreille. Elle a pressé sur la petite poire en caoutchouc. Elle a regardé les chiffres qui s'affichaient. Elle n'a fait aucun commentaire. Visiblement, tout était conforme.

Sans un mot, elle a pris mon bras, a étalé sur ma peau de la mousse à raser et s'est saisie d'un rasoir.

– C'est pour préparer l'intervention. Le chirurgien passera dans une petite heure.

La lame me caressait le bras d'un bout à l'autre, sans le quitter d'un millimètre. Je me sentais comme une pomme qu'on épluche en une seule fois, j'imaginais ma peau se découper en une longue spirale verte, jaune ou rouge. Après ça, l'infirmière est partie et je me suis retrouvé seul dans la chambre silencieuse. J'ai regardé le lit d'à côté, je me suis demandé si Chloé avait vraiment existé, si tout ça avait bien eu lieu, si je n'avais pas rêvé. J'ai pensé à elle et à la terreur qui avait dû la saisir. À sa panique quand ils l'avaient endormie. Je me suis demandé si au moment de sombrer elle avait pensé à moi. Je me suis demandé si elle allait mourir.

Un grand type est entré, visage bronzé, sourire Colgate et tempes grisonnantes. Le genre de type qui fait toujours se pâmer maman quand elle le voit à la télé. Le genre de type qui de près ou de loin ressemblerait à George Clooney, avec son petit sourire malicieux et ses façons de vous regarder par en dessous. Il a pris la fiche et l'a lue à haute voix. Puis il a lâché un long soupir et s'est assis près de moi. Il a pris ma main dans la sienne, l'a observée sous toutes les coutures.

Après plusieurs claquements de langue, il est sorti de la pièce en disant : Je reviens, on va régler cette histoire et on n'en parle plus. J'ai attendu plus d'une heure. Je me suis demandé si c'était normal que Chloé ne soit pas encore revenue. J'ai supposé que oui.

J'ai pensé aussi à maman. Il était près de 11 heures et, vraiment, ça ne lui ressemblait pas de ne pas être là, dans le fauteuil près du lit, à se ronger les ongles et à s'inquiéter pour rien.

Le type est revenu avec une infirmière et un chariot recouvert d'aiguilles, de fioles et de compresses.

– Bon, on va pas avoir besoin de t'endormir en entier, il a dit. On va juste anesthésier ta main, et plus précisément ton auriculaire. Je vais redresser tout ça. Après, tu files à la radio pour vérifier que tout est bien en place, on te met un plâtre histoire que ça se consolide et ouste, on te revoit dans six semaines pour déplâtrer.

Pendant qu'il me faisait son petit discours, l'infirmière remplissait une seringue énorme d'un liquide transparent. J'ai préféré ne pas penser à ce qu'ils allaient en faire, j'ai préféré ne pas me dire que tout ça allait rentrer dans ma main, sous ma peau, gratter l'os. Quand elle s'est approchée, j'ai fermé les yeux. J'ai senti sa main qui me saisissait le bras, mes doigts posés sur sa jambe. La seringue qui s'infiltre, s'enfonce, semble tout traverser. Les visions d'horreur que ça vous colle dans le cerveau, la douleur sourde. Et puis le liquide a commencé à se répandre, à remplir la peau comme une outre, jusqu'à ce que ma main ait très exactement l'air d'exploser. J'ai vraiment cru que tout allait éclater. Tout était si tendu, je ne sentais plus rien, ma main me semblait dure comme de la pierre, aussi dense et lourde que du plomb, comme si on l'avait remplie de plâtre à ras bord.

J'ai rouvert les yeux et tout était intact, même pas gonflé ni rien. C'est juste qu'à l'intérieur tout était figé et compressé au maximum, rempli jusqu'à en vomir. Le type a commencé à me toucher le petit doigt, à le faire bouger très doucement. Puis il s'est mis à le tirer vers le haut, tout en le rapprochant latéralement des autres doigts. Il valait mieux pas regarder. Ça semblait carrément barbare, ce genre de truc qu'on voit dans les films quand les types dans les tranchées se replacent les os, les remboîtent avec des gestes secs, un couteau entre les dents et une rasade de bourbon pour pas sentir la douleur. J'avais l'impression d'être fait d'autre chose que d'os, de muscles et d'eau. Ça a duré vingt bonnes minutes. Quand tout a été fini, le type a regardé son œuvre avec un air de profonde satisfaction. Il m'a tapoté l'épaule avec paternalisme avant de m'indiquer la porte et l'ascenseur.

– Faut y aller. Ils vous attendent.

Ma main pesait vingt tonnes, elle pendait au bout de mon bras et semblait vouloir toucher le sol, comme aimantée. La radio était bonne, je suis allé directement me faire plâtrer. Les bandelettes étaient chaudes et humides sur mon bras. Tout s'est solidifié comme par magie. C'était atroce, ce sentiment que ça faisait. L'envie que j'avais de bouger les doigts et le poignet, comme ça me démangeait tout à coup, à quel point à partir de ce moment, je n'ai plus pensé qu'à mon avant-bras, à ma main et à mes doigts.

Quand je suis sorti de la salle de plâtrage, maman m'attendait. Elle tenait mon blouson entre ses bras, ainsi qu'une pochette en kraft qui devait contenir mes radios.

– Salut, mon chéri. Ça va ? T'as pas eu trop mal ? Fais voir un peu ce plâtre. Mouais. Ça te va pas mal. On y va ?

– Et mes affaires ? j'ai demandé.

– Ben je les ai, a répondu maman.

Elle m'a tendu son bras et j'ai pas pu faire autrement que de le prendre. On est sortis et il neigeait légèrement. Je n'arrêtais pas de me retourner, mon cerveau turbinait pour me trouver une excuse. Je n'en ai pas trouvé alors j'ai dit :

– Attends-moi là. J'en ai pour deux minutes.

Maman a répondu quelque chose que je n'ai pas entendu. J'ai couru vers les portes automatiques, j'ai traversé le hall, me suis jeté dans un ascenseur, j'ai couru dans les couloirs et ça m'a semblé interminable. J'ai ouvert la porte et elle était là, allongée sur le flanc, tournée vers la fenêtre. Je me suis approché et elle dormait.

– Qu'est-ce que vous faites ici ?

Une infirmière aux cheveux blancs me toisait.

– Elle dort. Il faut la laisser se reposer. Vous avez oublié quelque chose ?

J'ai fait non de la tête. J'ai demandé si l'opération s'était bien passée et elle m'a dit que tout allait bien, qu'il y aurait plusieurs semaines de rééducation maintenant mais que tout allait bien.

J'ai sorti mon livre de ma poche, j'en ai déchiré une page. Dessus, j'ai marqué mon nom, mon prénom, mon numéro de téléphone. De la main gauche, ça m'a pris des plombes. Le résultat était à peine lisible. Ça tremblait de partout. Je l'ai pliée en quatre et je l'ai tendue à l'infirmière.

– Vous pourrez lui donner ça, quand elle sera réveillée ?

Elle a hoché la tête et, aujourd'hui, je peux pas m'empêcher de me dire qu'elle ne le lui a jamais donné, que c'est pour ça que Chloé ne m'a jamais fait signe, qu'elle risquait pas de me trouver vu que je ne crois pas lui avoir dit mon nom de famille et que, de toute façon, à la maison on est sur la liste rouge et j'ai jamais compris pourquoi.

J'ai rejoint maman sur le parking. Elle m'a regardé en biais, avec un drôle de sourire.

– Qu'est-ce que t'avais oublié ?

– Rien, j'ai répondu. Rien. Je voulais juste dire au revoir à quelqu'un.

– Quelqu'un ? Une fille ?

Maman a pris cette voix que je déteste, un peu moqueuse, un peu complice. Cette voix qu'elle utilise toujours pour me cuisiner, savoir si j'ai pas une copine en ce moment.

J'ai mis la radio, j'ai fermé les yeux. Maman n'a pas insisté.

Chloé

Dehors, tout est incroyablement net, récuré. C'est rare, cette lumière, ici. C'est rare que la lumière d'hiver en soit vraiment une. En général, l'air se contente d'être humide et étrangement grisâtre, cotonneux et sale. La rue est en pente et, pour un peu, on pourrait croire qu'elle descend vers la mer, débouche sur un port. Dans la voiture, maman sifflote et elle me dit que ça lui fait du bien, de ne pas travailler aujourd'hui, qu'elle aime ce temps volé. Elle est contente d'être avec moi, même si elle préférerait m'emmener ailleurs que dans cet hôpital atroce. Même si, au fond, ce n'est pas le pire.

Parce que le pire hôpital que je connaisse, c'est celui où papa est mort, où on l'a endormi et où il ne s'est jamais réveillé.

L'anesthésiste avait parlé d'un risque minime. La tumeur était bénigne mais ils préféraient l'enlever. Bénigne, minime. Voilà les adjectifs qui ont précédé la mort de papa, l'ont entourée.

On roule vers le centre-ville où s'alignent une boulangerie, une église, une boucherie, une poissonnerie, un traiteur chinois et une banque. Maman s'arrête pour acheter le journal et nous prenons un café au milieu des odeurs de nems, de bouchées vapeur et de sauce aigre-douce. Sur les murs, des fontaines en relief brillent, étincellent. Deux gros chats blancs lèvent la patte droite, assis sur le comptoir. Le café est dégueulasse et la serveuse nous sourit dès que notre regard croise le sien.

Maman me laisse à l'entrée de l'hôpital. Je n'y ai pas remis les pieds depuis l'opération, depuis cette nuit inoubliable et irréelle. Je me demande si les jours qui se sont empilés depuis ont vraiment existé, je me demande si j'existe vraiment depuis ça.

Quand je me suis réveillée, il n'était plus là. Je ne sais pas si j'étais vraiment soulagée de ne pas être morte.

Sans doute que oui.

Le truc, c'est juste que cette nuit-là, la vie s'est mise à battre si fort que le lendemain, lorsqu'elle s'est remise à n'être que ce qu'elle est, ça ressemblait à la mort. Je dis ça et je sais que c'est faux. Je sais qu'être mort c'est autre chose, qu'être mort c'est n'être plus rien. Je le sais mais je le dis quand même. Je sais que c'est complètement faux mais je le dis quand même parce que c'est ce que je ressens : ne pas être tout à fait vivant, au maximum du maximum du vivant, c'est être mort. Au final, durant une vie, je me dis qu'on n'est vivant qu'à la marge, de temps en temps, quelques heures par-ci, une seconde par-là, le reste du temps on est lisière, on est dehors, et on attend qu'une main se tende et nous ramène au monde.

Dans le hall des urgences, un bébé hurle. Un type s'est enroulé la tête dans une écharpe. Une vieille parle toute seule et un mec très beau ferme les yeux et tend son visage vers le plafond. Il respire profondément, on dirait qu'il se concentre pour ne plus sentir la douleur. Je le regarde un instant et il baisse la tête, ouvre les yeux et ils sont rouges d'avoir trop pleuré. Un médecin s'approche de lui et lui pose la main sur l'épaule. Je ne peux pas m'empêcher de penser qu'on vient de lui annoncer que son mec est mort. J'ignore pourquoi je pense qu'il s'agit de son mec, ni pourquoi j'imagine qu'il est mort. C'est comme une vision, une évidence.

Je prends l'ascenseur et, quand les portes s'ouvrent, c'est idiot, je garde les yeux fermés et je compte jusqu'à cinq, et je me dis qu'à cinq Antoine sera là, se tiendra souriant face à moi, à l'autre bout du couloir. J'ouvre les yeux et il n'y a personne.

Au secrétariat, on me fait remplir un papier. Je feuillette des journaux dans la salle d'attente. Je tourne les pages mais je ne vois rien, mes yeux glissent sur le papier, ne parviennent pas à s'y accrocher. La porte s'ouvre. Le docteur serre la main à une grosse femme aux cheveux roux. Elle dit merci docteur, ses yeux brillent et je me mets en tête qu'ils viennent de faire l'amour. Je ne sais pas pourquoi j'ai cette manie de toujours imaginer des choses à propos des gens. Pourquoi je leur invente des histoires. Le docteur me fait signe d'entrer, il me regarde m'avancer et, à son sourire, je vois qu'il est satisfait parce que je boite à peine.

Après le rendez-vous on m'envoie en radio. Quand je reviens, j'attends longtemps sur mon siège, bien sage avec mes radios sur les genoux. À chaque fois que la porte s'ouvre, le docteur me fait signe d'attendre et un autre patient s'engouffre dans son bureau. Quand c'est enfin mon tour, il sort toutes les radios de l'enveloppe, les regarde trente secondes, puis il se tourne vers moi et me dit de sa voix profonde : tout va bien, jeune fille. Je lui serre la main et je sors. Je ne prends pas l'ascenseur, je passe les portes battantes, longe des dizaines de chambres, finis par retrouver la nôtre. Celle que nous avons partagée cette nuit-là. Je pousse la porte et les deux lits sont vides, les draps roses parfaitement tirés par-dessus les couvertures bleu pâle.

Je m'allonge sur l'un d'eux, un instant. L'arbre se balance derrière la fenêtre, le ciel est limpide. Je m'endors.

Je me redresse et je m'étire. Je sens ma hanche. Je n'ai pas mal mais je la sens. C'est très étrange, cette sensation. Je sens cette partie de mon corps, je la sens comme aucune autre mais elle n'est pas douloureuse.

Je regarde autour de moi la chambre vide comme ce matin-là, à mon réveil. Je me souviens aussi de la main qui me secoue et me fait signe de monter sur le lit à roulettes. Le plafond défile et j'ai la nausée, et j'ai faim et soif mais je n'ai pas le droit de manger ni celui de boire. On traverse des couloirs silencieux et on me laisse dans le silence d'une pièce immense. Une lampe énorme semble braquée sur moi et me fait mal aux yeux. Un visage se penche sur le mien et c'est l'anesthésiste. Il me dit des choses mais je ne le crois pas, je sais qu'il ment, il dit que je ne vais rien sentir et que je vais me réveiller comme une fleur mais je sais que c'est faux, je sens que je vais mourir, que je ne me réveillerai jamais, c'est comme ça que ça se passe, je le sais, j'ai des preuves, mon père est mort comme ça. L'aiguille s'enfonce dans mon bras. Mes paupières sont lourdes et je sens que je pars, que je m'en vais, je me souviens m'être dit alors c'est ça mourir, c'est ça partir, se laisser aller, plonger profond et sentir la vie se retirer d'un coup. Et c'était si doux. J'ai pensé à papa. J'ai pensé il est parti avec tant de douceur.

Je me lève et je sors de la chambre, je regarde une dernière fois et ça n'a plus rien à voir. C'est juste une chambre et elle n'a rien gardé de moi, de nous. On croit toujours que les lieux gardent les traces de notre passage, la mémoire de nos baisers, de nos mots, mais c'est faux, les lieux n'ont pas de souvenirs, les lieux sont morts et nous les habitons. Quand on ferme les yeux, ils n'existent plus.

Petite, j'étais persuadée de cela. J'étais sûre que, quand je fermais les yeux, quand je dormais, le monde n'existait plus, restait en suspens, se dématérialisait. Maman m'a raconté que, bébé, je fermais les yeux quand je voulais me cacher. Je fermais les yeux et je disais : « Je suis cachée. » Alors, elle quittait la pièce où je me tenais. J'ouvrais les yeux et elle n'était plus là. Je criais « Maman, où es-tu ? » et elle me répondait : « Maintenant c'est moi qui suis cachée… » Au fond, je crois me souvenir de ça. J'en suis presque sûre même si maman me dit que c'est impossible de se souvenir de ce genre de choses, de se souvenir de soi si petite.

Dans l'ascenseur, je me dis qu'une fois sortie de l'hôpital ce sera fait, rayé une fois pour toutes, j'aurai oublié cette histoire, j'aurai oublié Antoine et je passerai à autre chose. À Franck peut-être. Alors, dans la salle d'attente, je reste encore un peu, une heure au moins, à regarder le plafond et à penser à lui une dernière fois, à nos baisers, à sa peau, à sa voix, à ses mots, au fleuve et au feu, à nos corps imbriqués.

Antoine

Dans la salle de bains, je désinfecte la plaie, je mets un pansement. Je me regarde et j'ai des cernes noirs, la peau si blanche, les joues creusées. Je me regarde et je me dis que quelque part, en ce moment précis, Chloé doit faire la même chose, elle se regarde dans un miroir, scrute son visage fatigué, son visage de princesse indienne, ses yeux de danseuse. C'est idiot mais je suis sûr de ça. Et aussi qu'elle pense à moi.

Les premiers jours, à chaque fois que le téléphone sonnait, je pensais que c'était elle qui m'appelait. Et puis j'ai dû me faire une raison. J'ai préféré me raconter cette histoire de papier laissé au fond d'une poche. De papier qu'on trouve un jour du bout des doigts, qu'on déplie et qu'on jette. Après ça, les vacances ont commencé et je crois que j'ai jamais autant souhaité qu'elles s'achèvent. Deux semaines interminables, et mon bras qui me démangeait tellement qu'il m'arrivait de passer une aiguille à tricoter ou un couteau entre le plâtre et la peau. Des heures durant, l'idée de ne pas pouvoir bouger mes doigts ou mon poignet m'obsédait. Je ne pensais qu'à ça et ça en devenait douloureux. La sensation d'immobilité devenait douloureuse. Une douleur qui me vrillait le crâne et me faisait mal aux dents.

Maman avait loué un bungalow au bord de la mer. Tout les autres étaient au ski mais je ne les enviais pas. De toute façon, avec mon bras j'aurais été condamné à me geler au pied des pistes. Et puis j'aime la mer en hiver, les restaurants désertés, les plages laissées à l'abandon, couvertes d'algues. La lumière de 6 heures était tellement belle, rendait la mer turquoise et les rochers cramoisis.

On était bien tous les deux, emmitouflés dans nos manteaux, nos couvertures, dans les calanques orangées, le massif planté de chênes-lièges, seuls sur la longue plage. Tout semblait dégagé, l'horizon comme nos têtes à tous les deux. Maman restait silencieuse mais pour une fois, son silence ne m'inquiétait pas, elle n'avait pas l'air triste, juste rêveuse et fatiguée. Elle lisait des heures durant. Je fermais les yeux et la musique m'enveloppait tandis que le soleil brûlait mes paupières. Je griffonnais des lettres interminables pour Chloé. J'écrivais de la main gauche et je lui racontais ce qu'elle savait déjà, je racontais toujours la même chose, je consignais tous les détails de cette nuit-là. J'étais assis sur le sable, adossé contre un muret. Je prenais mon temps. À perte de vue, la mer s'échouait sur le sable et les rochers. Un peu plus loin, j'apercevais le centre de rééducation. Je n'étais pas certain mais il me semblait voir des visages collés aux fenêtres.

Je n'ai rien jeté.

Tout est dans mon bureau.

Tout est consigné là, fixé pour toujours. Sauvé de l'oubli et du temps.

Le soir, on mangeait du poisson grillé. Les serveurs attendaient qu'on finisse pour fermer le restaurant. Par les baies vitrées, on voyait les bateaux et les reflets argentés que laissait la lune à la surface de l'eau noire.

La veille de notre départ, la température a brusquement chuté. Au matin il a neigé et la plage était tout à fait blanche. Maman avait peur que je glisse à cause de mon plâtre.

Tout ce temps, au fond, je pensais qu'à une chose : au téléphone qui sonnait dans le vide de notre maison, au milieu de la pénombre, dans le salon aux volets clos.

Nous sommes rentrés un dimanche et c'était il y a deux semaines. Les cours ont repris et on m'a déplâtré plus tôt que prévu.

Pendant plusieurs jours, il m'a semblé que ma peau sentait la viande morte.

De ma chambre, j'entends leurs voix et puis, au bout d'un moment, la porte claque mollement. Je regarde par la fenêtre et le type traverse le jardin. L'herbe est trouée et des ronds de terre gelée lui donnent un air miteux. Il y a aussi les monticules qu'ont faits les taupes, et des champignons énormes au pied du bouleau. Le type marche dans la rue. Il souffle dans ses mains, s'arrête devant une voiture bleue flambant neuve. Il démarre et je suis des yeux sa bagnole qui s'éloigne. Maman monte l'escalier, je sais qu'elle va essayer d'entrer, j'ai fermé à clé, elle n'insiste pas. J'entends le bruit de la douche. Quand l'eau s'arrête de couler, je descends au salon. Je me prépare un thé brûlant. Après l'avoir bu, je n'ai plus de langue. Je respire un grand coup, je sors de ma poche la feuille griffonnée. Il ne reste que deux numéros maintenant. Je compose le premier. Une femme décroche, je dis bonjour, je voudrais parler à Chloé, elle dit ah non, vous devez faire erreur, quel numéro vous vouliez appeler? Je ne réponds pas, je raccroche sans dire au revoir, sans m'excuser.

Il ne reste qu'un numéro et c'est la dernière chance et je sais que c'est foutu, que c'est foutu depuis longtemps déjà, qu'on ne s'est croisés que le temps d'une nuit, elle et moi, et que tout ça c'est derrière nous, enfoui, enterré, un souvenir parmi d'autres.

Maman me regarde, les cheveux trempés et noirs, dans l'encadrement de la porte. Je ne l'avais pas entendue descendre. Elle est parfois si légère, c'est à peine si elle existe. Elle penche la tête comme elle fait souvent.

– Faudra qu'on parle toi et moi, un de ces quatre. Mais pas maintenant. Maintenant, tu viens avec moi. C'est l'heure.

– L'heure de quoi? je demande.

Elle a son drôle de sourire aux lèvres, celui qu'elle prend pour les histoires de filles.

– Maman, j'ai un truc à faire.

– Un truc?

– Un coup de téléphone.

– Eh bien passe-le et après on y va. Je te laisse cinq minutes.

Elle regarde ma main et le pansement. Un instant, elle blêmit mais elle choisit de ne rien dire, j'ignore pourquoi. Ça ne lui ressemble pas.

– Je t'attends dans la voiture.

Elle sort du salon et je compose le dernier numéro. Je le compose mais je sais déjà que ce n'est pas la peine, que ça ne sert à rien. Ça sonne dans le vide. Puis un répondeur se déclenche. Une voix de vieille femme marmonne les mots d'usage. Après le bip, je me mets à hurler. Je pousse un cri et j'ai l'impression que mes cordes vocales cèdent une à une. J'imagine la tête de la vieille en écoutant ses messages.

J'enfile mon manteau et je sors.

Maman est installée au volant, une cigarette aux lèvres. Je la trouve belle tout à coup, derrière le pare-brise. Elle est minuscule. Elle a l'air d'une enfant. C'est une femme oiseau. C'est comme ça que papa l'appelait : sa petite femme oiseau.

On roule dans le soleil d'hiver. C'est le début de l'après-midi mais on pourrait croire au matin. La lumière est dure et tout paraît plus tranchant. Maman me dit qu'elle avait prévu de passer me chercher au lycée, à la fin de mon cours, mais je suis rentré plus tôt et c'est tant mieux, elle aurait très bien pu me rater, parmi la foule qui se précipite vers les bus à cette heure. Je ne sais pas ce qu'elle manigance, je ne sais pas ce qu'on fait là, ni pourquoi elle n'est pas à son travail aujourd'hui.

On roule le long du fleuve et je vois bien qu'on se dirige vers l'hôpital. Je réfléchis et j'essaie de me souvenir mais ça ne me revient pas. Je ne crois pas avoir de rendez-vous aujourd'hui. Il n'a même jamais été question de revenir là. Il y a dix jours qu'on m'a ôté mon plâtre, l'infirmier a utilisé une petite scie ronde et électrique, je n'ai pas pu m'empêcher d'imaginer qu'il allait riper et m'entailler le bras jusqu'à l'os, je n'ai pas pu m'empêcher d'imaginer le sang gicler. La radio de contrôle était parfaite. Je n'étais censé revenir qu'en cas de douleur. Qu'est-ce qu'on fout là, à se garer sur le parking, juste en face des portes automatiques ?

Maman éteint le moteur et elle n'enlève pas sa ceinture. Elle ne bouge pas, regarde droit devant elle, s'allume une cigarette, toussote et, de profil, on ne sait pas quel âge lui donner.

– Qu'est-ce qu'on fout là ? je demande.

– Tu verras.

C'est tout ce qu'elle dit. Elle sort une cigarette de son paquet et l'allume avec le mégot de la précédente. Entre deux bouffées, elle passe sa main dans mes cheveux et m'ébouriffe. Le chauffage fait un petit bruit de bourdon. J'approche ma main de la radio mais maman me saisit le bras. Elle me fait signe de regarder au-dehors.

– C'est pas elle ? elle demande.

Le soleil se cogne au pare-brise et m'éblouit. Je plisse les yeux et je ne cherche pas à comprendre comment c'est possible. Je vois Chloé.

J'interroge maman du regard. Elle répond juste : « Vas-y, dépêche-toi, je t'expliquerai » et je me jette dehors. Je n'attends pas que maman me donne des explications, je lui obéis et je sors. Je n'essaie pas de comprendre, d'analyser la situation, je sais très bien ce qu'elle implique, je sais très bien que tout cela ne serait pas possible si maman n'avait pas fouillé dans mes affaires, lu mes lettres, mes carnets, consulté mes listes de numéros. Je préfère ne pas y penser et je cours vers Chloé, j'essaie de prononcer son nom mais ça reste bloqué dans la gorge.

Je ne suis plus qu'à quelques mètres d'elle.

Elle me tourne le dos, se dirige vers une voiture. À l'intérieur, une femme lui sourit, lui adresse un signe de la main.

La voiture de maman quitte le parking et bascule vers le fleuve, disparaît dans la rue en pente.

Elle sent ma présence et elle se retourne. Son visage se fige. Puis elle me sourit. Elle est légèrement maquillée. Elle ne porte pas de chemise de nuit mais une jupe noire et un pull mauve, une veste de velours prune. Elle n'a pas l'air fragile, elle n'a pas l'air d'un oiseau, d'une danseuse ou d'une fée. Elle est tout cela à la fois et quelqu'un d'autre que je ne connais pas.

On est là face à face.

On ne parle pas.

On se regarde dans les yeux et c'est tout.

– Tu m'attends un instant?

Elle se dirige vers la voiture, vers sa mère, enfin je suppose que c'est sa mère, je crois qu'elle lui ressemble, je ne sais pas, je ne sais jamais pour ce genre de chose, tout le monde me dit toujours que je ressemble à papa, tout le monde le dit et moi j'entends que je ressemble à un mort. À un mort trait pour trait.

Elles se parlent trois secondes.

Chloé l'embrasse sur la joue et la voiture démarre.

Chloé marche vers moi. Le soleil tombe droit sur elle et m'éblouit.

Elle me sourit.

Et nous voilà seuls maintenant, tous les deux face à face sur le parking à moitié vide et balayé par le vent.